Los vivos y los muertos

Edmundo Paz Soldán

Los vivos y los muertos

ALFAGUARA

© 2009, Edmundo Paz Soldán
c/o Guillermo Schavelzon & Asoc., Agencia Literaria

© De esta edición:

2009, Santillana USA Publishing Company
2023 N. W. 84th Ave., Doral, FL, 33122
Teléfono (1) 305 591 9522
Fax (1) 305 591 7473
www.alfaguara.com

Los vivos y los muertos
ISBN: 978-16039-6624-5

Diseño:
Proyecto de Enric Satué

© Imágenes de cubierta:
Getty Images

Published in The United States of America
Printed in Colombia by D'vinni S.A.
12 11 10 09   1 2 3 4 5 6 7 8 9 10

A mis papás, Raúl y Lucy

A Gabriel y Joseph Andrés

A Alberto Fuguet y Jorge Volpi

Si hubiera sido el principio de un poema, habría llamado a lo que sentía en su interior el silencio de la nieve.

ORHAN PAMUK
Nieve

EYE CONTACT was my downfall.

JOYCE CAROL OATES
Zombie

[tim]

La luz del semáforo está en rojo. El cielo gris, encapotado, opresivo, parece a punto de deshacerse sobre nuestras cabezas. El frío llegó hace un par de días a Madison y no se irá hasta dentro de seis meses. Ocurre cada año, la segunda semana de octubre, el sol que de pronto desaparece, el aire sombrío que se instala en el pueblo, las calles que se vacían, la escarcha en la madrugada. Uno debe, ahora, buscar calor donde pueda.

Amanda dijo que quería mostrarme algo. Qué, le pregunté. Y ella se rió con esa risa que invita a pensar en montañas rusas. Ven, dijo, estoy sola, y colgó.

Me metí dos Starbursts a la boca. Eran las tres y cuarto de la tarde. La noche anterior había prometido no volver a hacerlo. Pero en ese instante, sin darme cuenta, con el celular en la mano, creyendo que todavía no sabía si iría, que era capaz de tomar decisiones contrarias a las que Amanda había tomado por mí, me dirigí hacia el cuarto de Jeremy, a cerciorarme de que estaba distraído, de que no saldría detrás de mí, no me seguiría.

Mi hermano se encontraba frente a la computadora, guiando a su avatar en uno de los mundos de *Linaje*. Una valkiria caminaba por la pantalla, la espada en la mano, toda píxel y convicción. Siempre me había parecido extraño que, a la hora de elegir otra identidad con la cual pasar un par de horas en la pantalla, Jeremy eligiera a una mujer. Me pregunté qué dirían nuestros compañeros en el equipo. Un poco raro, quizás, pero nada del otro mundo ya que su hombría estaba bien probada: Jeremy era el que más hablaba de mujeres y sexo en los vestuarios, el de la colección de revistas y DVD porno, el de las interminables conquistas. Más extraño e imposible de justificar hubiera sido encontrarme con fotos de Jem vestido con ropa interior de mujer (como las fotos de papá que descubrí y rompí años atrás).

La luz del semáforo ha cambiado al verde; continúo mi camino, acelero. Algunas hojas otoñales se posan en la ventana delantera del Corolla. Por la acera caminan en fila india los niños de una guardería, uno agarrado de la mano del otro. Los hay rubios, latinos, negros, de rasgos asiáticos: podrían servir para un afiche de Benetton. Hay incluso uno retardado, conmovedora la forma en que camina, como si la pierna izquierda no supiera lo que hace la derecha ni tampoco le interesara. Las dos señoras que los acompañan están excedidas de peso. Se me cruza por la mente la imagen de Jenny, regordeta, sonriente, en esa casa invadida por termitas que fue mi primera guardería. Jenny tenía siempre el televisor encendido y dejaba que sus sobrinos, mayores que nosotros, nos enseñaran juegos violentos en su Nintendo y con sus Power Rangers. Por eso todos los niños la queríamos; por eso nuestros padres no la toleraban más de lo necesario.

Amanda, espérame, ya llego.

Desde el umbral de la puerta de su cuarto observé a Jeremy sin que él se diera cuenta de mi presencia, o acaso hacía como que no se había dado cuenta, solía ocurrir, no debía ser difícil cansarse a ratos del hermano menor —dos minutos menor—, querer algo de independencia.

Estoy saliendo, dije, usaré el auto.

OK, dijo sin verme.

Qué intensidad para esos juegos; decía que lo ayudaban a desarrollar un pensamiento estratégico, le servían para ser un mejor *quarterback*. Una excusa sofisticada, había pensado cuando lo escuché, típica de Jem. A mí sólo me interesaban los juegos de deportes. *Madden*, por ejemplo. O *Winning Eleven*.

¿Sabía? No, pero acaso lo intuía de una manera que no podía explicarse en palabras. Era así entre los dos, creía adivinar lo que él pensaba o sentía aunque me costara decir de qué se trataba.

Había sido culpa suya. Hacía cuatro años él ya era popular y yo, más bien tímido, no me animaba a hablar con las chicas. Un día me pidió un favor. Estábamos en las duchas después de una práctica; él tenía el pelo mojado y había espuma en su pecho, yo me secaba con una toalla roja con el logo de los Madison Bears. Jem había quedado en visitar a Lucy pero no tenía ganas de hacerlo. Me dijo que fuera en su lugar, Lucy no lo notaría, nadie lo notaba, éramos dos gotas de agua, teníamos el mismo tono de voz, el mismo corte de pelo, los mismos gestos. Nos confundían en el colegio, en las fiestas. Sí, le dije, pero mi carácter es diferente. Sí, dijo Jem, pero me conoces de memoria, no te costará nada responder como lo haría yo.

Lucy era morena y tenía los ojos color miel. Su sentido del humor la había hecho popular, era de las que les ponía apodos a los profesores; la de Química, con sus faldas apretadas y andar felino, era la Tigresa. El director, Tibbits, la nariz con una pelota en la punta y esa risa exagerada fuera de lugar, una risa que no iba con el mal humor que revelaba su ceño fruncido, era Krusty, el payaso de los Simpson. Su columna semanal en el *Believer* me hacía reír, trataba de las desventuras de una quinceañera en un mundo cada vez más dominado por... mujeres. Lo que me pedía Jem no era un sacrificio.

Nos fue tan bien que se convirtió en una tradición. Jem las seducía, y un par de meses después, cuando la relación mostraba señales de agotamiento, me ofrecía que lo reemplazara. Me acostumbré a no iniciar nada por cuenta propia, a esperar a que Jem decidiera con quién me tocaría salir. Yo no duraba mucho con ellas, ya la relación había ingresado en la recta final, pero al menos me divertía un par de semanas. Hubo sospechas, pero no las suficientes como para descarrilar nuestro arreglo. Había estudiado los movimientos de Jem, la forma en que gesticulaba con las manos al hablar, los Starbursts y Raisinets que no cesaba de meterse a la boca. Incluso le copiaba la forma de vestirse, las ajustadas poleras grises de Abercrombie o Hollister, los jeans negros Banana Republic *(boot cut!)*, los shorts Puma holgados y hasta la rodilla. A veces me miraba en el espejo y me decía, yo soy él, ¿o es él yo? ¿O somos uno los dos?

Katja, la holandesa de intercambio, nos descubrió, pero por suerte se iba pronto. Era avezada en ciertas materias, y la noche antes de su partida compramos su silencio haciendo realidad su fantasía: acostarse con los dos hermanos al mismo tiempo. Jem y yo, desnudos, nos mirábamos en la cama del cuarto de Katja, vigilados desde el techo por una gigantografía de la selección holandesa de fútbol, tan naranja su destino, y nos esforzábamos por contener la risa.

Todo siguió igual hasta que me enamoré de Amanda, la hija menor de nuestro popular entrenador. Tenía quince años, estaba un curso menos que nosotros. Había llegado al colegio como una chica con pechos planos, frenillos y faldas largas. Me había fijado en ella, en su rostro redondo y agraciado, en la forma en que caminaba por los pasillos en línea recta, como en una pasarela imaginaria; había intercambiado un par de miradas intensas y continuado mi camino. A los seis meses, su cuerpo explotó. Fue aceptada como *cheerleader* y todos los del equipo nos alegramos. El problema era que Jem todavía no le había dado su sello de aprobación. Y yo, incapaz de tomar la iniciativa, esperaba a que Jem lo hiciera.

¿Se animaría? Había que tener mucho cuidado, portarse bien con ella. El entrenador, Donald Walters —«me pueden llamar Don»—, era unos de esos seres extraños que no se inmutan ante casi nada —«no se preocupen, muchachos, perdimos 23-0 aunque pudo ser 23-3, la siguiente les ganamos»—, pero tenía un punto débil: era un enfermo de celos a la hora de lidiar con los pretendientes de sus hijas. Sólo hablar de ellas hacía que se pasara la lengua por los gruesos bigotes, como relamiéndose ante la posibilidad de salir a la defensa de sus niñas. Circulaba una historia desagradable acerca de un novio de Christine, la hija mayor (bueno, no tan mayor: le llevaba apenas diez meses, de hecho estaban en el mismo curso).

Jem se animó. Salió con Amanda y me alegré, aunque intenté no pensar mucho en la forma en la que él trataría, en el auto, en la puerta de su casa, al despedirse, de acariciarle los pechos como al descuido, maniobra que le había dado tantos resultados positivos que hablaba de patentarla algún día. ¿Y si te dice no, qué te crees?, le preguntaba yo, miedoso. Está bien si te dice no, contestaba, *you have to get the nos out of the way*. Debía convertir derrotas en posibles triunfos. Puertas cerradas en horizontes que se abrían, infinitos. Yo tartamudeaba y trastabillaba ante tanta verdad incuestionable.

Ocurrió lo de siempre. A la segunda semana ya me había pedido reemplazarlo para que la llevara a tomar helados a Sundae Inventors. Pero luego no me volvió a pedir ayuda. Yo esperaba impaciente, recordando la conversación que ella y yo habíamos tenido mientras compartíamos un batido de chocolate, algo sobre estrellas que nos guían desde la inmensidad del cielo, almas gemelas que vagan en el ancho mundo, extraviadas, pero que saben reconocerse al instante.

Pasaron tres meses. Le pregunté a Jem qué había pasado con nuestro trato. Hermano, me dijo, creo que Amanda es *the real thing*. Estuve de mal humor durante un par de días.

Voy llegando a la avenida Dewey, una canción de Snow Patrol en la radio, *Please don't go crazy if I tell you the truth*. El semáforo está en verde. Acelero. Pasan a mi lado, fugaces, SunTan —donde las *cheerleaders* se broncean—, una tienda de juguetes y comida para perros —Virginia Woof—, una Rite Aid que siempre está vacía, una desangelada sucursal de Wells Fargo.

En los entrenamientos había visto que Amanda, desde el borde de la cancha, en su minifalda roja y polera blanca, me sonreía, me seguía con la mirada, mis ojos perdidos en el casco, mi cuerpo escondido entre los *paddings* que utilizábamos para amortiguar los golpes. Me acercaba al borde con alguna excusa, secarme el sudor del rostro con una toalla, tomar un sorbo de mi Gatorade. ¿Me estaba comparando con Jem? O quizás se acordaba de aquella vez en la heladería. Se había dado cuenta que algo diferente había ocurrido, que esa tarde no había salido con su novio sino con el hermano.

Una tarde en que Amanda llamó a Jeremy, contesté el teléfono y me hice pasar por él. Me dijo que su mamá había salido, me esperaba en su casa. Fui.

En la cama destendida todavía miraba el techo y saboreaba los temblores que remecen el cuerpo después del terremoto, cuando ella, sentada en el suelo mientras se abrochaba el sostén, me dijo que sabía que yo no era Jem. Desperté de golpe. En el estéreo del cuarto sonaba un compact de The Magic Numbers, a Amanda le gustaba el britpop, a mí me gustaba lo que le gustaba a ella.

No importa, dijo con esa mirada tan seria, intimidatoria, el pelo suelto como no lo estaba cuando hacía sus saltos y piruetas al borde de la cancha de fútbol, allí siempre se trataba de una cola de caballo.

Puede ser nuestro secreto, dijo.

Dirigí la mirada hacia los pósters de Colin Farrell y Ricky Martin en las paredes, papeles coloridos inventados para la descarga de hormonas. Mis ojos se posaron luego en el estante de libros. Alice Sebold, Jane Austen, Dickens, George Sand... Tantos libros gruesos, pensé, ¿los habría leído todos? Amanda era conocida como parte del grupo de las Chicas Superpoderosas, las que en el colegio hacían de todo sin el menor esfuerzo. Eran excelentes alumnas, líderes en su campo, hacían voluntariados, visitaban hospitales, aprendían piano, se dedicaban al teatro o a algún deporte, y de paso eran lindas. Había cada vez más de esas Chicas Superpoderosas que algún día serían mamás y ejecutivas de empresas, y al mismo tiempo había cada vez más hombres idiotas e inmaduros. Las mujeres estaban preparándose mejor que nosotros, pronto a las universidades no les quedaría otra que crear sistemas de «acción afirmativa» para aceptar a los hombres.

Busqué una salida.

Si mi hermano se entera me mata.

No será así toda la vida. En unas semanas se lo diremos. Tú eres con el que quiero estar.

Le pregunté cómo podía distinguirnos. Cómo podía ser posible, entre dos personas tan semejantes, que me eligiera a mí.

No lo sé, pero lo sé. Mi corazón late de otra manera cuando estoy contigo.

Esa frase era suficiente para aventurarse a un pacto de sangre. La besé y desabroché su sostén. Ella se rió y me dijo que nos apresuráramos.

El semáforo comienza a cambiar y yo todavía no he llegado a la esquina de la Ruta 15, una confusa intersección a la que llegan autos de tres direcciones diferentes.

Amarillo. Aprieto el acelerador con más fuerza.

Amanda: la vez en que fuimos a un hotel en la Ruta 15 y sólo hicimos la siesta y luego me hizo ver una película francesa en su Mac. Cuando me dijo qué ojos más verdes que tienes, y yo le dije para verte mejor. Cuando me dijo qué nariz más recta que tienes, y yo para olerte mejor. Cuando me dijo qué labios más grandes que tienes, y yo para comerte mejor, y me dijo qué esperas, esta Caperucita Roja está lista para que se la coman, y dejamos de ver la película.

Rojo. Ahora es más peligroso frenar que continuar la marcha. Lo peor que puede pasar es que un policía me dé un ticket.

Un Honda azul inicia la marcha al otro lado de la avenida.

Amanda: la vez que estábamos en la ducha de su casa y ella se arrodilló y

[amanda]

El viento golpea las ventanas de mi habitación. Hace siete días que no para de llover. La nieve se derrite en las aceras y en la calle, se deshacen los carámbanos colgados de los árboles y de los techos de las casas, el deshielo va revelando el mundo escondido de Madison, el que existía antes de la Navidad.

Carámbanos: me gusta esa palabra.

Quisiera aumentar la calefacción un par de grados, pero mamá dice que cuesta caro y el frío nos hace bien, nos permite pensar mejor, y papá asiente, él siempre asiente a lo que dice mamá. Si es así, entonces estos días me han servido. El próximo año enviaré mis solicitudes a Berkeley, Boulder, Florida State, cualquier lugar con mucho sol que se halle lejos de aquí. Y luego vendré a visitar a mis papás y a mi hermana sólo en los feriados de Acción de Gracias, quizás también para las fiestas de fin de año, no lo sé, no estoy segura. Lo que sí sé es que cuando regrese no me daré una vuelta por Madison High, porque no habrá nostalgia, sólo las ganas de olvidar.

Pronto vendrá Jem a buscarme. Iremos, no sé adónde iremos, a dar una vuelta al centro comercial, no hay muchos lugares adonde podamos ir. No hablaremos mucho, no se puede, tendrá un compact de Green Day a todo volumen, o quizás Eminem o 50 Cent, *just a little bit,* le gusta ésa, la ha convertido en un mantra. Entre canción y canción me preguntará qué opino de la hija de Tom Cruise, y si Leinart merecía estar en un mejor equipo que Arizona. Sacará un paquetito con yerba, seguirá manejando mientras yo preparo los porros, eso me gusta, eso siempre me ha gustado, más desde que Tim no está. Jem me la hizo probar por primera vez, eso es lo que más le debo, lo que más le agradezco. También coca cuando consigue, es mucho más cara, y cuidado con abrir la boca, te imaginas el escándalo, me sacan del equipo. Con el porro entre los labios, no me imagino el escándalo. O sí, pero no me importa.

Cuando me vaya, Jem me extrañará y querrá seguir en contacto conmigo, leerá mi página en MySpace para ver si la actualizo, me escribirá mensajes de texto y mails para pedirme que lo llame y le susurre al oído esas palabras sucias que salen de mi boca cuando estamos en su casa, en su cuarto, las luces apagadas, una vela encendida. Y yo me preguntaré cómo diablos hice para mantener el engaño durante tantos meses.

Una ardilla corre por los cables de la luz, da un salto y se pierde entre las ramas del árbol frente a nuestra casa. Cómo es que no se electrocutan. Se oyen susurros en la calle, murmullos, el golpeteo de la lluvia en el tejado, las hojas que el viento arrastra, quizás los pasos intranquilos de quienes vivieron antes que nosotros, muertos y más muertos que pasaron por aquí y creyeron dejar huellas profundas pero en el fondo no, sus álbumes de fotos extraviados en los sótanos de sus hijos y sus nietos, las cosas que hicieron ya olvidadas, los paisajes que vieron apoyados tan sólo por algunos años en retinas ya desaparecidas de sus cuencas.

Mary Pat sale de su casa enarbolando un paraguas rojo brillante, tan primorosa ella, color en las mejillas y los labios pintados y eso que ya pronto cumplirá setenta. Yo probablemente me dejaré ir, no podré llegar hasta esa edad tan llena de vida. No seré de las que juegan al bingo, no me ofreceré de voluntaria en el Ejército de Salvación. Me encerraré en una casona tan grande y oscura como la suya y rumiaré mis pecados. Veré muchas películas en blanco y negro. Habrá recuerdos de tiempos lejanos, muy lejanos, y me ahogaré en ellos. Recordaré mis días de *cheerleader*, cuando escribía un diario y soñaba que me tomaban en serio a pesar de la minifalda y la exagerada alegría que debía mostrar al borde de la cancha (era una alumna excelente y una actriz destacada, pero a los chicos lo que más les importaba era que estaba buena). No podré creer que lo mejor de mi vida terminó antes de cumplir los dieciséis. Pero así será. Quizás es así con todos, es sólo más obvio en mi caso.

Mary Pat se dirige hacia su Ford desvencijado midiendo los pasos para no resbalarse en los charcos del deshielo, en los islotes de nieve que persisten en la acera, las caderas de los viejos se quiebran con facilidad, igual que los cuellos de los adolescentes cuando chocan los autos con estrépito.

El Ford desaparece entre ruidos del escape. Cuando era niña la casa de Mary Pat me daba miedo, tan grande, las ventanas detrás de las cuales no se veían señales de vida. En mis cuentos era la casa mala del barrio, una casa encallada en la arena que intimidaba a las otras a su lado y las de la hilera del frente, entre ellas la mía. Yo me contaba historias acerca de las casas antes de dormirme, relatos con moraleja incluida que hablaban de varias casas buenas enviadas al barrio de la casa de Mary Pat para aprender del Mal, para poder distinguirlo con claridad del Bien. A veces, después de unas semanas en su compañía, las casas descubrían cómo comportarse con corrección. Otras, la de Mary Pat se engullía a las demás. Era el horror.

Entonces no sabía nada de la vida de Mary Pat, de cómo fue que había perdido a su esposo hacía más de treinta años en Vietnam. La casa le había quedado grande pero había decidido no mudarse, dedicar el resto de su vida a custodiar los recuerdos de su matrimonio efímero, los platos y cubiertos que habían recibido como regalo de bodas y compartido en los meses que estuvieron juntos. Los manteles, las sillas, la cafetera. Vivía con su pensión de viuda de un oficial del Ejército, lista para enterrarse en vida. Sin embargo, cinco años atrás, Mary Pat conoció a un mexicano que visitaba a sus hijos en Madison. Fue un verano para dibujar con el dedo corazones en los cristales empañados de los autos. El mexicano se fue y nunca le escribió, pero no importaba: algo despertó en Mary Pat. Nunca se la volvió a ver sin maquillaje o una tenida elegante.

El Toyota de Jem se detiene. Lo veo bajar del auto, tan musculoso ahora que pasa cuatro horas al día en el gimnasio, y recuerdo las veces en que alguien idéntico a él que no era idéntico a él hacía lo mismo. Y mi corazón daba un vuelco. Ahora, en cambio, no hay nada. Hace cuatro meses que Tim ya no está aquí. Ciento diecisiete días.

Estaba esperándolo recostada en el sofá con la música de fondo de MTV en el televisor, inquieta porque no llegaba, cuando sonó el celular y la voz fatídica de Jem me contó entre sollozos lo ocurrido. Me puse a ver un videoclip de Panic! at the Disco como queriendo meterme allí, como si en ese instante ese rectángulo bullicioso fuera la única realidad digna de ser vivida. Pero no lo era, y tuve que volver a Jem, a lo que me acababa de decir.

Le dije que no era verdad, no era verdad, y luego tiré el celular a la pared y me encerré en mi cuarto hasta que llegó mamá a confirmármelo todo, a tratar en vano de consolarme, y luego apareció papá, *¡una de las estrellas de mi equipo!* Y luego apareció Christine, que tampoco paraba de llorar y de gritar, *¡era tan lindo y buena gente!* Mamá, papá, Jem, Christine, pensaron que mi angustia, mi desesperación, eran una forma de acompañar a Jem, no tenían nada que ver directamente conmigo.

Tantas veces decidí que era hora de contarle la verdad a Jem, en mi casa, en su casa, a la salida del estadio después de una práctica o un partido, incluso alguna vez después del primer *quarter,* cuando Diana, Kristin, Amber, Yandira, Hannah y yo estábamos en medio de nuestras volteretas y, por el rabillo del ojo, veía a Jem dirigirse al vestuario sin dejar de mirarme. Fui incapaz de hacerlo y terminé mordiéndome la lengua. Lo veía tan dolido, tan extraviado en el mundo sin Tim, que pensé que contarle lo que había ocurrido entre Tim y yo lo devastaría. Era por él, me dije, benevolente, compasiva, un hombro sobre el cual apoyarse en el velorio, un pecho en el que esconderse y llorar durante el entierro. Luego me di cuenta que también era por mí, incapaz de afrontar sola lo que se venía. Entre estar con Jem y no estar, prefería estar. Y Jem se fue entregando más y más, y yo fui fingiendo más y más. Tan fácil, repetir las palabras que él quería escuchar, gemir de una manera que no daba lugar a la duda acerca de la calidad de la entrega, arañar la espalda, morder la almohada.

Tim y Jem eran iguales y no lo eran. Tim me hacía caso cuando le recomendaba películas francesas, aunque en principio Claire Denis no le llamara la atención. Tenía curiosidad por lo que escribía, por más que muchas veces no me entendiera. Respondía a mis mails conmovedores con más corazón del que se me ocurría imaginar. *Besos, muchos.* Se reía todo el tiempo y su risa me hacía reír. No le gustaba fumar, me había mirado con mala cara cuando se lo sugerí una vez. Con él podía quedarme callada durante una hora, incluso hacer una siesta en paz. Con él al lado sonaba natural decir una frase como «Soy tuya, una siempre sabe de quién es».

Hace poco le dije esa misma frase a Jem. A veces intento engañarme, y lo veo y quiero creer que es Tim. O quizás no se trata de eso, quizás ahora ya no sé cómo salir del palacio que he construido para Jem. Y para mí. Excepto, quizás, yéndome de aquí un día y no volviendo más.

[webb]

Hannah acaba de llegar de su entrenamiento.

Se baja del auto de Kristin, se despide de sus amigas agitando la mano, mostrando los dientes en su amplia sonrisa de quinceañera despreocupada.

La minifalda roja enseña buena parte de los muslos torneados, las piernas largas.

Sus pasos dejan un rastro leve en el barro, camina como si no tuviera sustancia.

Me asomo al porche con un cigarrillo en la mano.

Lo enciendo, guiño a Hannah, que me saluda y se dirige a su casa sin detenerse.

Pronto se perderá tras la puerta y no tendré oportunidad de hablar con ella hasta el día siguiente.

Le pregunto si no tiene frío.

Me gustaría que se sacara sus Ray-Ban fotocromáticos, esconden sus ojos color miel, tan expresivos.

Ha sido una práctica intensa, señor Webb, hace calor.

No me tienes que llamar señor, querida Hannah.

Mi papá dice que lo trate siempre de señor.

No siempre tienes que hacerle caso a tu papá.

Lleva en la mano la bolsa de lona roja con el logo de Madison High.

Una vez la inspeccioné, la había dejado en la puerta de su casa para contestar al teléfono.

Minifaldas, sostenes, bragas, desodorante, perfume, ChapStick, iPod, celular.

Robé el perfume, Green Tea.

Le pregunto si se acerca un partido importante pese a que me sé de memoria el calendario.

Trato de concentrarme en su rostro, fijar mis ojos en su nariz con *piercing* y en los labios, pero no es fácil, mi mirada resbala hacia sus pechos grandes, redondos, llamativos.

De vez en cuando algún chico viene a recogerla o visitarla pero no hay nadie fijo.

Igual: seguro ya ha sido tocada, ya sabe que los hombres que se le acercan no pueden no pensar en lo delicioso que sería meter la verga entre sus piernas.

Viajamos a Syracuse el martes, dice Hannah.

Lo siento.

Lo sé, dice, la mano jugueteando nerviosa con uno de sus aretes en forma de triángulo. Tenemos que dar todo de nuestra parte. Hemos practicado nuevas rutinas. Para lo que nos servirá.

Me imagino que ya se encuentran mejor.

No es fácil. Estamos muy unidas y eso ayuda.

Hace unos seis meses uno de los chicos más populares del equipo de fútbol murió en un choque al ingresar a la Ruta 15, cerca del puente.

Hubo histeria general en Madison High.

Hannah no fue a clases durante una semana; se quedó en cama mirando el techo y sin ganas de pronunciar palabra alguna.

Sus amigas íntimas, las otras *cheerleaders,* venían a verla.

Todas estaban aturdidas, era la primera vez que veían la muerte tan de cerca.

Una cosa eran los abuelos, otra alguien a quien conocían, un chico al que veían todos los días en los pasillos del colegio y en la cancha de fútbol.

Tuve la oportunidad de hablar con Beatrice, le dije que me dejara hablar con su hija, yo tenía experiencia con la muerte, le contaría de mis días en la primera guerra del

Golfo, el impacto que me había causado ver cómo una granada destrozaba la cabeza de un compañero de patrulla una noche, y cómo había logrado recuperarme.

Nos encontrábamos bajo el arce en la puerta de su casa, los colores de las hojas entre el dorado y el púrpura.

Beatrice me miró extrañada al oír mi sugerencia.

¿Cómo podría ayudar a su hija un ex militar, un vecino reciente, un desempleado que se la pasaba discutiendo a gritos con su mujer y riñendo sin clemencia a su hijo?

Me agradeció el interés y dijo que me avisaría.

Nunca lo hizo, la muy perra.

Por supuesto, se trataba de una excusa, pero creía que mi justificación la convencería.

Se habría dado cuenta de que en el fondo lo único que yo quería era una oportunidad para ingresar a la casa y conocer la habitación de Hannah, tocar el oso de peluche que había visto a través de la ventana, las sábanas impregnadas con el olor de su cuerpo, a manzana o durazno como los jabones que le había visto comprar en The Body Shop.

Hannah se despide, dice que tiene muchas tareas.

Ah, el colegio. No lo extraño para nada. Aunque era lindo no tener responsabilidades.

Es un afortunado, señor Webb. Siempre lo veo sentado en su porche, o arreglando el auto.

La economía de esta región tiene la culpa. No es fácil encontrar trabajo. Ser militar no te prepara para la vida civil.

Pero entonces por qué se vino a vivir aquí.

Para estar cerca de mi padre y mi hermana. Papá vive a una hora. Casi al llegar a Rochester, en un asilo. Hoy lo fui a visitar. Mi hermana, en las afueras del pueblo, por Hollow Creek Road.

Está un poco aislado.

Siempre le ha gustado vivir en el campo. Cuando éramos niños vivíamos en una granja. Mamá murió, papá se quedó solo y la fue descuidando. Le sugerí que la vendiera, pero no quiso. Ahora que está en el asilo no hay nadie en la granja, las paredes se están cayendo y los viñedos se han secado. Polvo por todas partes, los vidrios rotos, una pena. Mi padre siempre me pregunta cómo está, y yo le miento y le digo que voy todas las semanas a regar las plantas.

Ella mira al suelo, mueve el pie derecho, inquieta.

La estoy aburriendo.

La he visto sonreír con sus compañeras, está siempre haciendo caras, habla con su perro como si la entendiera; cuando ríe, abre los labios y cierra los ojos: toda la cara se le ilumina.

Apenas me ve se le tensan todos los músculos, y no sé, no soy capaz de encontrar la palabra mágica que la devuelva al estado de euforia en el que suele vivir.

Se me acaban los temas de charla.

¿Se incomodaría si menciono que he visitado su página en MySpace?

¿Que por eso sé que le gustan The Killers, Anna Nalick, Dashboard Confessional?

¿Que lee a un tal Philip Pullman, a una tal Cornelia Funke y a Isabel Allende?

¿Debería decirle que ese VampireFreak que coquetea con ella enviándole al menos dos mensajes al día soy yo?

Y ella responde, dice cosas como «me voy, piensa en mí dándote un *hand job*».

Y luego muchos ☺ ☺ ☺ !!!!!!!!!

Debo resignarme a que se escape, abra la puerta de su casa y su cocker la reciba con ladridos efusivos.

Meto las manos en los bolsillos.

Daré una vuelta por el vecindario.

Necesito tranquilizarme.

¡Estoy borracho, veo doble!

No, esos chicos son mellizos.

¿Los cuatro?

Ése siempre me ha gustado.

¿Por qué los luchadores de sumo se depilan las piernas?

Para que no los confundan con feministas.

Aaron, el vecino de Hannah, me saluda ceremoniosamente.

Está levantando pesas en la acera.

¿Todo bien, señor Webb?

Tan bien como lo está tu vecina.

¿Cómo?

No me hagas caso.

A veces lo he visto allí bajo la lluvia, sentado en una silla y con el pecho descubierto, pesas de 75 libras en cada mano y cantando a voz en cuello uno de esos raps de los que apenas se entienden palabras como *my London bridge wanna go down* o *fucking nigger* o *shake your booty*.

Es un poco alocado pero me cae bien.

No ha cumplido los dieciocho y ya ha ido tres veces a la cárcel, dicen que por drogas.

Ahora está bajo arresto domiciliario y por eso hace todo lo que puede, desde comer a levantar pesas, en la puerta de su casa.

Al que no soporto es a su papá.

Me llega al ombligo y es gordo, debe tener algún complejo.

Un día le dije que viera la forma de callar a su boxer, que no para de ladrar en el jardín.

Gritó que no me metiera en su vida, amenazó con soltar al boxer para que yo viera lo que es bueno.

Vamos a ver a quién le toca primero.

Llegará el día en que el maldito perro amanezca con convulsiones espantosas.

Mi padre está donde está por culpa de mujeres como Hannah.

Fueron siete, dijo el fiscal.

Yo sé que hubo más.

[junior]

Tommy y yo entramos al escritorio de papá a pesar de que nos ha dicho que no lo hagamos. Tommy ha insistido y no le he podido decir no. Es que me gustan sus máscaras. Ya lo sé, Tommy, pero luego nos metemos en problemas. Hace diez días, papá había salido a comprar tabaco, dijo que tardaría, y mamá no estaba, y entramos al cuarto y hurgamos en el armario donde guarda su colección de revistas de mujeres desnudas, y sacamos las máscaras de un cajón. Tommy quería la azul, una de las que papá se trajo de México, de un tal Blue Demon, y yo me puse la negra, la que creo que se compró una vez que desapareció de Rota durante diez días y mamá estaba histérica. Tommy se puso a ver las revistas, hombres y mujeres haciendo cosas asquerosas, y yo le dije que nos apuráramos, espera, espera. Y luego a saltar en la cama de papá y mamá, y yo me eché sobre Tommy y comencé a golpearlo como vi que una vez hizo papá con mamá, era la medianoche y unos gritos me despertaron, agarré a Bético, el elefante verde que un amigo me regaló antes de partir de España, y fui al cuarto de al lado y encontré a papá enmascarado y gritando palabrotas, *fuck you, fuck you,* mamá tenía las manos atadas y lloraba, había marcas de golpes en la cara. Hijo de puta, dijo Tommy, y papá se dio la vuelta y agarró un cinturón y se puso a perseguir a Tommy, bajamos corriendo las escaleras, lo agarró en la cocina, a mí también, todavía me duele cuando me acuerdo. Nos castigó escondiendo el Game Boy durante dos semanas, extrañé mucho a Super Mario y a Yoshi. Nos dijo que si seguíamos así iba a regalar a hámster Diego, aparte que no aguantaba los ruidos que hacía corriendo en su rueda todas las noches, y nosotros juntos, no, no, está bien el Game Boy pero hámster Diego no, hámster Diego no. Sobre la cama de papá y mamá Tommy me pedía que no le apretara tan fuerte el cuello, porque si no nos echarían de Madison como lo hicieron de España, cuando papá era militar, o al menos eso fue lo que nos contó mamá cuando Tommy le preguntó por qué nos teníamos que volver a Estados Unidos, por qué papá ya no podía vestir el uniforme militar que tanto nos gustaba. Mamá siempre nos cuenta la verdad, pero no se anima a hacerlo con otras personas. Nosotros tampoco, ¿no, Tommy? Mamá dijo que papá, una noche, salió de la base militar, se puso una máscara y atacó a una mujer en un callejón. La mujer se defendió y logró arrancarle la máscara. Papá se escapó, pero la mujer habló con la policía. La policía vino a la base, la mujer reconoció a papá. Fue culpa de ella, le escuché decir a papá, *una calientapollas de mierda,* lo dijo en español y mamá le creyó o hizo como que le creyó, al menos no le escuché decirle nada, no la vi molesta delante de él aunque sí una vez, cuando nos bañaba, se puso a llorar y tiró mis patos y barquitos de plástico por la escalera y luego se encerró en su cuarto. Por suerte, nos dijo mamá cuando recobró la compostura, somos americanos y eso nos ayuda un poco, papá es militar y eso lo protege. No lo acusarían de nada pero no volvería a usar el uniforme, papá lloró y se deprimió, qué haría si no era militar, era su vida. Tendríamos que volver a Estados Unidos. Me preocupaba un poco, con quién practicaría mi español, podría jugar al fútbol allí, y mis amigos del condominio no vendrían conmigo, pero por suerte Tommy no me dejaría solo, nunca me deja solo, cuando me meto en problemas con papá él es el que se baja el pantalón para recibir los cinturonazos, que igual me duelen, no me dejan dormir en las noches. Y luego de saltar en la cama bajamos corriendo con espadas, y peleamos en el living y Tommy me dio una y yo le di otra y estábamos en eso cuando escuchamos que la puerta se abría, nos sacamos las máscaras para ocultarlas pero papá entró al living y nos descubrió, no, por favor, papá, no nos pegues, disculpas, junté mis manos como rezando, era tarde, hubo gritos, Tommy se bajó el pantalón, yo apreté los dientes, se lo contaría a mamá aunque no serviría de nada, mamá es muy fuerte cuando está sola y dice que un día de estos haremos las maletas y nos iremos y dejaremos solo a papá, pero no se anima, es difícil, lo queremos, además ahora mamá está siempre cansada porque trabaja de cajera todo el día, en un restaurante para estudiantes allí arriba en la colina, donde está la universidad de Madison, le hacen usar una cofia y un delantal blanco, está allá de ocho a cinco, en Rota no trabajaba pero ahora no le quedó otra, papá no ha tenido suerte, busca trabajo y no encuentra, bueno, eso era al principio, creo que ahora ya ni siquiera busca, qué hará mientras yo estoy en el colegio, ver ESPN, visitar al abuelo, dar vueltas por Madison, yo hubiera querido quedarme en Rota, Tommy también, extrañamos el jamón serrano, el salame, ir a los parques hasta las diez de la noche, el sol, tanto sol, aquí siempre está nublado y hace frío y cuando cae la nieve cae de veras. A mí me gusta Hannah, su familia ha sido muy buena con nosotros, cuando llegamos hace unos meses nos ayudaron mucho, nos hicieron conocer a todos los vecinos, organizaron un asado al final del verano, antes de que comenzaran las clases, pero luego algo pasó, papá discutió con los papás de Hannah, ahora ni siquiera se saludan, eso le da mucha pena a mamá. Sí, dice Tommy, mamá se llevaba bien con la señora Beatrice pero papá le prohibió hablar con ella, qué cosas, ¿no, Tommy? Papá dijo algo como que porque tienen plata se creen con derecho a mirarnos a menos, no sé de dónde sacó eso, les va bien pero tampoco son ricos, tienen una tienda de venta de celulares en el Triángulo pero nunca nos han hecho sentir que son más que nosotros, yo jamás lo he sentido así.

Hannah juega al *soccer* con nosotros en su jardín, nos hace patear penales y ella ataja, tiene un arco pequeño, de postes verdes y malla amarilla, difícil meterle goles, sí, dice Tommy, casi imposible. Cowboy, su baboso cocker spaniel, corretea sin descanso tras la pelota. Dónde aprendiste a jugar, preguntó Tommy. Mi hermano me enseñó. Antes jugaba más en serio pero luego me tuve que decidir, ser *cheerleader* toma mucho tiempo. El hermano de Hannah está en la universidad, creo que en Nueva York, a él apenas lo conocemos. Hannah nos convenció para que nos registráramos en el Madison Youth Bureau para aprender a jugar al *soccer*, prácticas los martes a las seis y partidos los domingos a la una, no duramos mucho, papá y mamá se cansaron de llevarnos dos veces a la semana al parque Lincoln. Papá se lleva mal con los papás de Hannah pero ella le cae muy bien, es difícil que Hannah caiga mal a alguien. También nos ha llevado a tomar helados, Sundae Inventors está a tres cuadras de aquí, pasando por un parque donde hay chicos que juegan al béisbol y se detienen sin disimulo a mirar a Hannah. Papá incluso tiene una foto de Hannah en su billetera. Mamá la encontró y le preguntó qué hacía allí esa foto. Es lo más parecido a Natalie Portman que tiene este pueblo de mierda, dijo papá. Siempre le ha gustado Natalie Portman. Tommy se pone la máscara y me pregunta cómo se ve. Muy bien, le digo. Me das miedo, ¿y yo? La mía es más linda. No, la mía. Voy a ser un Power Ranger. Y yo el Doctor Muerte. ¿Jugamos con las espadas? Mejor con los rifles. Tommy y yo vamos a nuestro cuarto en busca de los rifles.

[jem]

El campo es extenso, la maleza está crecida, y hay calabazas por todas partes: grandes, redondas, ovaladas, pequeñas como una pelota de tenis, achatadas como si alguien las hubiera golpeado con un bate. Tim lleva puestos guantes negros y chamarra verde y corre tras ellas, cayéndose en el barro, levantándose sin parar de reír; yo camino detrás de él, junto a mi papá. Luego vamos al laberinto con paredes de maíz y Tim se pierde, y nos preocupamos hasta que, de pronto, su voz chillona nos llama: está jugando con nosotros. Subimos a un camión con otros niños y sus padres, damos una vuelta por la granja, observamos los espantapájaros con cabeza de calabaza, algunos disfrazados de fantasmas y vampiros, otros de granjeros. Damos de comer a los chivos accionando una palanca que transporta un balde hasta una casita roja en torno a la cual merodean. Entramos a una casa embrujada aferrados al brazo de papá; nos asustan una calavera de huesos crujientes, una bruja de nariz verde. Tim, a punto de llorar, busca la salida. Por suerte cambia rápido de humor; es una de sus virtudes. Nos subimos a un tren de madera, Tim quiere que lo persiga; estoy cansado pero lo hago. Me divierte ir al *pumpkin patch* más por ver cómo disfruta mi hermano que por un deseo personal de pasarlo bien, llevarme unas calabazas a casa para luego pintarlas y exponerlas en el porche. La granja se llama The Singing Goat. Tenemos seis años. Ésos son mis primeros recuerdos de Tim. Han vuelto a mí una noche, en la oscuridad del gimnasio, sitio privilegiado de las apariciones de mi hermano. Sitio privilegiado. Intenso. Clásico.

Creía que me gustaba venir al gimnasio porque me distraía: el subir y bajar de las pesas, el deslizarse de las poleas a la derecha y a la izquierda, el oscilar del cuerpo hacia adelante y atrás. Mi sombra agigantada en las paredes. Los bíceps, los pectorales que adquirían forma y consistencia, músculos ya trabajados en los entrenamientos del equipo, pero ahora, con el abuso, capaces de ser la envidia de los demás compañeros. Además, un batido de chocolate por las mañanas, una cucharada de *flaxseed* en mis cereales, multivitaminas de GNC. Una forma de olvidarme de lo ocurrido, las condolencias en los pasillos y en la calle, la silenciosa angustia en clases, los debilitantes ataques de ansiedad. Angustia, la silenciosa. Realmente.

El pasado verano había trabajado en el gimnasio, en el turno de noche. El lugar se hallaba en decadencia, necesitado de equipos nuevos, alguna forma de atraer clientela, pero me gustaba por su aire de familiaridad, el hecho de que era del barrio. Los gráficos en las paredes enseñando los mejores ejercicios para tener el abdomen perfecto, dibujos sacados de viejas revistas. Conocía a casi todos, las amas de casa preocupadas en perder peso después del embarazo, los viejos que no querían que sus articulaciones se osificaran, los jóvenes que se inyectaban esteroides y tenían sueños de llegar a Míster América. A las ocho y media ordenaba las pesas, limpiaba los bancos, ponía las toallas en las canastas, veía si había pilas abiertas en los baños y avisaba por los altavoces que cerrábamos en media hora. A las nueve menos diez apagaba la televisión y el aire acondicionado. A las nueve me encontraba solo. Hacía media hora de aparatos antes de irme a casa.

Cuando comenzaron las clases dejé de trabajar. Diez días después de que ocurriera lo de Tim, una noche en que no podía dormir, me vino un deseo intenso de ir a trotar en la cancha de fútbol de la escuela bajo la luz de la luna. *Intenso, el deseo.* No podía hacerlo, ya era muy tarde, todo estaba cerrado. *La ansiedad me abrumó.* No quise ir al baño en busca de mis Xanax, estaba cansado de depender de ellas. Debía tranquilizarme por mi cuenta. No podía: sentí que unas lágrimas resbalaban por mis mejillas.

Entonces recordé que nunca había devuelto la llave del gimnasio. Me levanté, entré al cuarto de papá y le dije que tenía ganas de dar una vuelta; papá movió la cabeza de un lado a otro pero no dijo nada. De todos modos, salí.

Las luces a la entrada estaban prendidas, iluminaban el camino de grava y el jardín que rodeaba al edificio en la calle First. El letrero de neón que decía H & F —una abreviatura de Madison Health & Fitness Club— parpadeaba.

Sabía que Doug, el dueño, nunca había instalado una alarma antirrobos. Entré. Me saqué los zapatos y me dirigí a la sala principal.

En la oscuridad, me puse a hacer flexiones, a trabajar los músculos del abdomen. Luego las piernas, el tórax. Era una silueta que se movía entre los bancos, entre los esqueletos de hierro de los aparatos de poleas engrasadas. Una pesa de treinta libras se me cayó en el piso de madera; el ruido rebotó en las paredes, se magnificó, y me asusté.

Me senté en un banco. Me puse a llorar como no lo había hecho desde que tenía siete años, una tarde en que, después de pelearnos por una tontería, Tim me dijo que no quería ser más mi amigo, y que si fuera por él, si había alguna forma de *revertir lo irreversible* —ésas no fueron las palabras que usó, pero ésa era la idea—, también dejaría de ser mi hermano. *No somos hermanos, grité, somos iguales frente a un espejo, ¿no significa eso que somos la misma persona?*

Cerré los ojos, me fui calmando. Luego me dije que lo peor había pasado diez días atrás, que después de eso no había más que temer; si me encontraban, Doug no levantaría cargos contra mí, le explicaría a la policía que yo era un buen chico. Antes de irme, me duché en la oscuridad.

No le contaría a Amanda nada de esto. No me entendería, como no lo había hecho tres días después del accidente, cuando le dije que quería manejar por el lugar donde había ocurrido el choque, tratar de repetir los *pasos fatales* de mi hermano esa tarde. Me acompañó de mala gana.

¿Qué había visto Tim cuando se acercaba a la curva? El letrero luminoso, amarillo, del Motel 8, antes de cruzar el puente. La farmacia y SunTan a la izquierda, Radio Shack a la derecha, llegando a la esquina; las oficinas de Wells Fargo para préstamos e hipotecas. Al fondo el cielo nublado de siempre, los colores grises y metálicos que penden sobre las cabezas de los habitantes de Madison *desde que nacen hasta que se van.*

Fui acelerando. Las uñas de Amanda se incrustaban en mi muslo derecho. El semáforo cambió del amarillo al rojo. Podía cruzar si aceleraba. Decidí no hacerlo. Un camión de esos marrones de DHL me esperaba al otro lado.

Por favor, no exageres, Amanda.

¡Y tú no te vuelvas loco!

Lo sé, lo sé: sólo Tim pudo sentir lo que sintió Tim. Yo era un invitado de honor a su vida, alguien tan cercano a él que creyó durante un tiempo que las dos personas eran en realidad una sola.

Nos fuimos a mi casa, jugamos al Scrabble y yo gané porque podía parecer el típico deportista tonto pero me gustaban las palabras, no leer sino las palabras, los diccionarios me divertían más que las novelas. Realmente. De verdad. Luego Amanda y yo compartimos un porro en mi cuarto y cogimos hasta terminar sudorosos y resoplando *como caballos después de una carrera.* Amanda, asustada, se aferraba a mí: qué haces, dije con *una sonrisa en los labios,* el cuarto no se está moviendo.

No quiero que te mueras, una muerte ya es suficiente.

Si fuera suficiente, le dije mientras le mordía *los pezones,* nadie más moriría. ¿Te has puesto a pensar que un día todos los que en este momento están vivos en Madison estarán muertos?

Un día, todos los que en este momento están vivos en el mundo estarán muertos. Eso es obvio, pero no hay que ser morboso.

El mundo: *un cementerio de mierda.*

Increíble. Realmente.

Fútbol, gimnasio y porros: mi vida en tres lecciones.

Fútbol, gimnasio, porros, videojuegos, sexo, Amanda, Tim y diccionarios: mi vida en ocho lecciones.

A los diez años, papá nos dio dinero para que fuéramos al Triángulo a comprarnos ropa. Quedaron veinte dólares de cambio; volvíamos a casa en nuestras bicicletas de carrera, yo con Nikes azules y Tim con Adidas negros, cuando sugerí que nos dividiéramos el cambio. Antes de que abriera la boca, ya sabía lo que me iba a contestar: no podíamos mentirle a papá. Terminé la frase por él. Era una sensación extraña, estar unido a otra persona como si tuviéramos *esposas invisibles.* Pensábamos diferente, soñábamos diferente, decíamos cosas diferentes, pero no había momento en que no intuyéramos qué pensaba o soñaba el otro, qué iba a decir el otro. Pertenecíamos a una cofradía especial, la de aquellos que tenían cerca a alguien que los repetía y a la vez no. Por las noches, ¿qué ocurría con mis sueños truncos? ¿Continuaban en la cabeza de Tim?

Creía que iba al gimnasio para distraerme. En realidad era allí, en la penumbra, mientras levantaba pesas o hacía flexiones o aparatos, donde me visitaban los recuerdos, imágenes, frases, memorias de Tim que creía olvidadas. Y por eso, apenas volvía a casa, ya me retornaban las ansias de volver a H & F.

A veces Tim me sonreía y a veces Jem lo hacía. Me gustaba coquetear con los dos, me creía capaz de reconocerlos. Jem tenía las orejas alargadas, y Tim parecía no tener párpados, tan abiertos estaban sus ojos, como incapaces de no mirar nada sin desmesura. Pero era cierto que, si los miraba con detenimiento, llegaba a la conclusión de que Tim también tenía orejas alargadas, y Jem carecía de párpados.

Mis papás me inscribieron en un gimnasio cuando tenía dos años. Decían que me costaba caminar con naturalidad, lo hacía dando saltos, y por eso pensaron que me agradaría ese lugar de paredes blancas, colchonetas tiradas en el suelo y enormes pelotas de plástico. No se equivocaron. A los seis años, nada me entretenía más que correr, zambullirme rumbo al piso con las manos hacia adelante, dar una vuelta en el aire y terminar parada, firme. Incluso gozaba cuando me caía. Don Charlie, el dueño del gimnasio, era un gordo bonachón que vivía en una casa de tres pisos en South Hill. Una vez, en Halloween, mis papás me llevaron a ese barrio junto a mi amiga Rhonda; decían que allí se encontraban las mejores casas de la ciudad y los vecinos se tomaban muy en serio el *trick or treat*. Estacionamos cerca de una de las entradas principales y, bajo la luz anaranjada de unos faroles de sodio, caminamos por el medio de la calle, como hacían todos —calaveras festivas agarradas de la mano, alguien disfrazado del Joven Manos de Tijera y otro de Freddy Krueger, niños gritones con sobredosis de azúcar—. Mi bolsa estaba llena de dulces cuando la puerta de una casa con siluetas de brujas en las ventanas se abrió y apareció don Charlie; lo vi y, como si alguien me lo hubiera ordenado, me puse a hacer cabriolas en su jardín. Don Charlie no paraba de reírse. Me regaló cuatro barras de Snickers y varias bolsas de Raisinets.

A los ocho años mis papás creyeron que podía dedicarme a la gimnasia competitiva. Compraron libros y revistas sobre el tema, hicieron cálculos para ver cuánto necesitaban mensualmente para mantenerme, averiguaron dónde quedaban los centros de entrenamiento de las mejores gimnastas del país. Leían de papás millonarios gracias a que habían confiado en el talento de sus hijos para el tenis o el golf. Cuando, enfundada en mi buzo azul con un dibujo de Peter Pan en el pecho, me veían dar volteos en el living o en el jardín y caer siempre parada, la sonrisa afloraba a sus labios: tenían una futura Nadia Comaneci en la casa.

Me hicieron ver con el entrenador del equipo de gimnasia de la universidad de Madison, y éste, luego de una sesión en un estadio vacío con colchonetas relucientes y goteras cerca de donde estaban las argollas, dictaminó: «buena, pero no tan buena». Fueron demasiados sueños sin nada real que los sostuviera. Mamá lloró toda la vuelta a casa en nuestro Passat azul necesitado de un motor nuevo, papá abandonó a mamá a los dos días —seguro que hubo otras razones de las que nunca me enteré, pero como ocurrió justo en ese momento tardé tres años en liberarme de la culpa—, y yo, todavía con el dolor y la vergüenza de haberlos decepcionado, me dije que, como premio consuelo, sería la mejor *cheerleader* del mundo.

Papá nunca levantaba la voz y sonreía al hablar, lo cual era engañoso, porque parecía que todo estaba en orden. Y sin embargo, uno desnudaba sus frases y sólo encontraba recriminación en ellas. Nada de lo que yo hacía le parecía bien, ni las películas que sacaba de Hollywood Video —«¡estás haciendo millonarias a las hermanas Olsen!»—, ni los libros que comenzaba a leer para dejar inevitablemente a medias —«¿Lemony Snicket? ¿Un escritor serio con ese nombre?»—, ni el tiempo que pasaba chateando. Se escondía detrás de sus gruesos lentes, decía que no le gustaba juzgar a nadie, y al rato ya estaba criticando a Mitch porque no hacía las tareas o a mamá porque le gustaba Oprah o era adicta a jugar al solitario o al mah-jong en la computadora. Mamá me decía que papá no siempre había sido así, los primeros cinco años de su relación era un hombre jovial y encantador que la trataba «como a una reina». Creo que está deprimido, me dijo, le he dicho que vaya al terapeuta pero no me hace caso. Es normal que el cerebro se descompense, tantos químicos burbujeando allí adentro, y tan fácil que te receten Prozac, Wellbutrin, Cymbalta. Tenía un trabajo administrativo importante en la universidad —era el subdirector de Madison Abroad—, ganaba un buen sueldo, pero siempre se quejaba de lo que hacía: «Soy un triste oficinista». A veces lo encontraba parado en el living con un whisky en la mano y la mirada fija, a través de las ventanas, en un punto en el infinito. Quizás se sentía atrapado en su matrimonio, con su familia a cuestas. Quizás imaginaba al joven que había sido y pensaba en las oportunidades perdidas, los caminos no tomados.

Sufrimos cuando se fue. Mamá lloró varias noches, incapaz de resignarse; gritaba que no era justo, había hecho todo bien, eso no le podía estar pasando a ella. *Y lo peor es que lo extraño cuando debería odiarlo.* Mi hermano desapareció de la casa varios días —dice que durmió bajo uno de esos puentes que rodean a la universidad, tan pintorescos que son los preferidos de los suicidas de Madison—. Poco a poco, sin embargo, nos fuimos dando cuenta que había sido lo mejor para todos. Era como si una carga negativa de electricidad que impregnaba toda la atmósfera hubiera, de pronto, desaparecido, y descubriéramos cuán diferente era el cielo cuando no había tormenta.

A los tres años mamá se volvió a casar, con Steven, dueño de una tienda de venta de celulares en el Triángulo. No me gustaban sus largas patillas, y su nariz rota me inspiraba desconfianza, pero había algo dulce en su trato. Fue Steven el que me apoyó con mis sueños de *cheerleader*. Me consiguió documentales de campeonatos y los vio conmigo, me hizo ver que cualquier actividad podía convertirse en arte si uno se dedicaba a ella con pasión, entregando todo de sí. Uno puede convertir la jardinería en arte, me dijo un día mientras fumaba en el porche de la casa, y yo asentí.

Entré al equipo mi primer año en Madison High. La señora Carla, la encargada, dijo al principio me parece que eres muy chiquilla; poco después, durante las pruebas en la cancha de basquetbol, mis contorsiones, mi flexibilidad la dejaron sin habla. Es un decir: ella nunca se quedaba callada.

Ser *cheerleader* es la mejor manera de alcanzar una popularidad inmediata e indiscutible en Madison High. Las chicas admiraban nuestros bronceados, los cuarenta dólares al mes que gastábamos en las camas solares de SunTan (dicen que ha aumentado el cáncer en la piel, pero una *cheerleader* no puede tener la piel pálida). Los chicos me miraban cuando caminaba por los pasillos, forzaban encuentros cuando abría mi *locker*, y buscaban sentarse en mi mesa en el comedor. Recibía muchas invitaciones para las fiestas del fin de semana. Los ignoraba: sólo tenía ojos para los del equipo de fútbol. Jem y Tim eran los codiciados de todas. Amanda salía con Jem y nos había prohibido mirarlo, lo cual era imposible. También nos había prohibido mirar a Tim, bajo el tonto argumento de que, como era igual a Jem, «mirar a Tim es como mirar a Jem». ¿Por qué no Peter Tillmann? Era guapo y lo acababa de dejar su novia. Y Tyrone era tan musculoso. Alguna vez, en una fiesta, algo había pasado entre Diana y él. Habían subido al segundo piso de la casa y tardaron una hora en volver. Sí, a Diana le gustaba Tyrone. Pero, eso lo sabíamos todas, ni Peter Tillmann ni Tyrone podían compararse a Tim y Jem.

Una tarde, después de una práctica, me duché en los vestuarios, me cambié y tardé más de lo acostumbrado: cuando terminé, mis compañeras se habían ido. ¿Debía volverme caminando? Una luz muy amarilla se filtraba por las ventanas. Así debía ser la luz de los atardeceres en Arizona, pensé. Caminé por los pasillos vacíos en busca de alguien que se ofreciera a llevarme a casa. No había nadie. Buena ducha me había dado: Amanda solía decir que yo en la cancha funcionaba en cámara rápida, pero en los vestuarios lo hacía en cámara lenta. Me desvestía y vestía como si me esperaran una pasarela y los flashes de los fotógrafos. No tanto, pero no había que descuidarse: siempre había ojos escrutadores a la espera, muy dispuestos al juicio sumario.

Una silueta salida de la nada se dibujó en el fondo del corredor; se fue acercando con paso cansino, la bolsa Adidas en la espalda, las sandalias azules y los shorts holgados. Era una figura rodeada por una aureola tan brillante como la de esa luz amarilla. Pareció no darse cuenta de mi presencia hasta que se encontró frente a mí. Me miró: tenía los ojos rojos, como si hubiera estado llorando. Era Jem, o Tim: esta vez no me pude decidir.

Me saludó. Se quedó mirando las uñas carmesí de mis pies, dijo que mis *flip-flops* plateados eran muy sexys. El elogio me tomó por sorpresa; sentí el rubor agolparse en mis mejillas. Le agradecí y luego pregunté si me podía llevar. Asintió.

Salimos al patio, caminamos rumbo al parqueo bordeando uno de los edificios cafés del colegio, con paredes de ladrillo visto. Nerviosa, alcé una bellota del suelo y se la di. Se la metió al bolsillo.

Gracias, dijo, la voy a guardar. Así cuando llegue el invierno tendré con qué defenderme.

Hizo una sonrisa pícara. Volví a ruborizarme.

Debían ser más de las cinco. A lo lejos vimos a uno de los cuidadores regando las canchas de tenis. En la puerta principal se encontraba Peter Woodruff, el guardia de seguridad del que todas las alumnas de Madison High se enamoraban tarde o temprano, como si fuera un ritual. Era alto y corpulento, tenía hoyuelos en las mejillas y una sonrisa de niño travieso. Su físico intimidaba, pero su rostro proyectaba indefensión. Las alumnas de Madison High se sentían protegidas por alguien a quien les gustaría proteger. Tanto que el año pasado las chicas del curso superior habían organizado un Día de Peter Woodruff. Decían que era como agradecimiento, pero yo creo que estaba relacionado con las ganas que tenían algunas de acostarse con él.

Entramos al Toyota. Me coloqué el cinturón. Jem, o Tim, puso un compact de Massive Attack. Escuchó la primera canción sin moverse, con los ojos cerrados. Yo no sabía qué hacer. Me fijé que tenía tres lunares microscópicos en el cuello. ¿Los tendría el otro? ¿Sería ése el único detalle que en verdad los diferenciaba?

La mano de Jem o Tim estaba caída entre su asiento y el mío. La agarré y la froté, como tratando de reanimar a una ardilla congelada. Así pasamos la segunda canción. Había vuelto a circular sangre caliente por el cuerpo de la ardilla.

Cuando comenzó la tercera canción, no se me ocurrió mejor cosa que desajustarme el cinturón y, sin mirarlo, deslizar mi mano por sus shorts. La respuesta fue inmediata. Me incliné sobre él y busqué entre sus shorts con mi boca. ¿Nos vería el cuidador? ¿Y Peter Woodruff?

La tenía bien grande. Era algo delicioso y a la vez asustaba.

Amanda se me cruzó por la cabeza, pero me dije que él debía ser Tim, y que ella igual no se enteraría.

Jem, o Tim, no tardó en venirse. Me limpié con un kleenex que tenía en mi mochila.

Sólo se lo conté a Rhonda. Le dije que a partir de ese momento me había descubierto enamorada de él, aunque estaba segura que me había enamorado mucho antes. Y también supo del dolor que me causó que después de ese encuentro en el auto, Tim se obstinara en ignorarme como si nada hubiera ocurrido entre nosotros. Sólo ella sabía que, después de que ocurriera el accidente, mi reacción de pánico, la depresión que me encerró en mi cuarto durante unos días, no se debían sólo al impacto de la muerte de un conocido. Tim y yo —porque algo me aseguraba que era él— habíamos compartido algo muy íntimo. No me animé a contárselo a mamá, pese a que ello le hubiera hecho entenderme con facilidad. Tampoco a Steven, porque no tenía ganas de que nadie extrajera una lección positiva de una muerte temprana.

Una tarde el señor Webb vino a verme.

Y yo que te hacía al borde de la muerte, dijo al sentarse. Pero si estás muy bien, tus mejillas están llenas de vida.

Le agradecí el cumplido.

Qué cara, por Dios, tan ojerosa, tan alargada, tan fantasmal. Me dejó un ramo de rosas y recitó una letanía de lugares comunes, había que ser fuerte ante la adversidad, uno no sabía el destino que el Señor nos tenía reservado. Hablaba con seriedad, pero su mirada inquietante me incomodaba. Sus ojos recorrían la cama como tratando de percibir los contornos del cuerpo semidesnudo que se encontraba tras las sábanas. No era la manera con que un señor debía mirar a la hija adolescente de su vecina. Mamá entraba y salía; en una de ésas, le dije quédate conmigo, necesito tu compañía. El señor Webb debió notar mi actitud hosca porque se fue al rato.

Jem también vino a verme, con Amanda. Los dos se sentaron en las sillas que había traído mamá del living, y no abrieron la boca. Dejaban pasar los minutos, como si se tratara de una visita obligada. Jem se metía Starbursts a la boca, uno tras otro. Le dije que no se hubiera molestado, sabía de su dolor y me sentía mal, yo era la que debía haberlo visitado. No contestó; su silencio me hizo dudar, pues me recordó aquella vez en el auto: ¿estaba segura de que se había tratado de Tim? ¿No podía haber sido Jem?

Cuando ambos se fueron, me sentí mejor. Llamé a mamá y se lo dije. Ella se sentó en el borde de la cama, me agarró la mano.

¿A qué se debe ese milagro?

Estoy enamorada de Jem, respondí.

[jem]

Sentado en la penumbra de la galería, observo a Amanda en su rol de princesa en el escenario. Vestido azul y peluca de cabellera rubia hasta la cintura, a sus espaldas árboles frondosos de cartón piedra y el cielo de sol fulgurante dibujado sobre una lona temblorosa. Se equivoca en sus líneas, está distraída, y yo quiero creer que no se debe a mí. Ella y otros estudiantes querían montar una obra sobre la guerra en Irak, pero Tibbits no quiso, *muy política*.

Amanda camina de un lado a otro, me mira de reojo, aparenta que no lo ha hecho. La directora de la obra, Miss Parker, le pide que se detenga. ¿Pasa algo, querida Amanda? ¿Pasa? ¿Algo? *Siempre pasa algo*. Me pongo los audífonos del iPod. *It's a beautiful day*, canta Bono. Le encuentro algo de ironía a esa frase.

Espero a Amanda apoyado en mi Toyota en el parqueo. Cara fresca, olorosa a cremas, *nunca le salen granos, cómo lo logrará*. El pantalón negro de *jogging* le queda grande y suelto, parece a punto de caerse. Top blanco, apretado, como si estuviera a punto de ir al gimnasio. Pero a ella no le gusta ir cuando es por su cuenta, sólo si se trata de sus prácticas en la escuela, y cuando lo hace, si es que lo hace, va al del YMCA, tan aburrido, las paredes llenas de slogans que promueven valores, una actitud ética frente a la vida, moral por todas partes, moral moralina, BE HONEST, BE CARING, BE RESPONSIBLE. Y así nos va.

Sus aretes relumbran. La miro como tratando de memorizar la imagen. ¿Qué queda, después de que nos vamos? Ella me mira pensando que es un día más. No sabe, no puede saber, no sabrá nunca qué es lo que está pasando por mi cabeza. Luego dirá, parecía tan normal, cómo no me di cuenta. Intenso. Realmente. Todo estará bien mientras no se sienta culpable por no haber visto los signos delatores. «El corazón delator.» He ahí un cuento que me gustó.

Estuviste bien.

No tienes que mentirme, sé cómo estuve.

Quizás tengas que dejar algo. No se puede hacer bien todo a la vez. Y el tiempo que te toma MySpace...

Adónde vamos.

A donde quieras.

Todos los días es así después de mis prácticas de fútbol y el gimnasio, sus prácticas de *cheerleading* y drama. Una *cheerleader* dramática, ja. Rellenamos las horas, no queremos volver a casa, pero tampoco queremos estar solos, vernos forzados a hablar. *Las palabras muerden las palabras nos muerden.*

Smells Like Teen Spirit, dice Amanda al entrar al Toyota. Tiene razón: en el asiento trasero se encuentra mi bolsa con medias sucias, zapatos de fútbol embarrados, camisetas sudadas. La práctica de hoy fue *intensa,* digo. Y *clásica,* continúa Amanda. Se hace la burla, dice que no puedo pronunciar una frase sin usar una de esas dos palabras.

El precio que pagas por salir con un atleta.

¿El precio intenso? ¿El precio clásico?

Que siga con los sarcasmos. El otro precio, supongo, es que sus compañeras se quieran acostar conmigo. Me he portado mejor de lo que se podía esperar: *Nunca fui más allá de los* blow jobs. De Hannah y Yandira. No sé por qué lo hice, ninguna de ellas me interesaba. O sí lo sé: porque podía. ¿Se enterará Amanda? Ya no me importa. Es el secreto peor guardado de Madison High. Quizás ya lo sabe y le doy pena. Ha pasado casi un año y el chico sigue de luto, dejémoslo recibir premios consuelo.

¿Quieres un porro?

OK. Así se pasará el olor.

En muchas cosas estamos de acuerdo en estar en desacuerdo, pero coincidimos cuando se trata de yerba. A veces me preocupa, le gusta más que yo. Cuando no hay nadie en casa vemos DVD bien fumados; las películas adquieren otro sentido, Will Ferrel se convierte en un actor serio y nos reímos con los dramas lacrimosos de Kevin Costner. Una vez conseguí coca y vimos en YouTube los cortos de Buster Keaton, también los de Los Tres Chiflados y Betty Boop, esos a los que alguien les puso una canción rock de fondo, *rollíni rollíni, rollíni, dear beloved, fucking amazing.* Y cuando cogimos teníamos energía para derrochar, todo mi cuerpo estaba alerta a su piel, se nos ocurrían frases divertidas y nos reíamos sin parar.

Al día siguiente de la experiencia con la cocaína ella me llamó para decirme que había sido uno de los días más alucinantes de su vida, y me preguntó si no podía conseguir más. Me asusté: sí, era un poco caro, podía conseguir si quería, pero ¿y si se volvía una adicta? Con la yerba estaba bien, pero la cocaína era peligrosa.

Le dije que no podía conseguir más. Qué mierda, dijo. Decidí dosificarla: yerba cuando quisiera, y coca muy de tanto en tanto, como un premio.

Al final, ella ya no quería coger si no estaba fumada. Le dije, si sigues así perderás contacto con la vida natural. Y qué, me dijo.

No, la verdad, con la yerba no me preocupaba mucho.

Nos dirigimos a Hollywood Video a alquilar una película que probablemente no terminaremos de ver. Los charcos de agua brillan en el pavimento; los árboles, desprovistos de sus hojas en este otoño sin sosiego, sin sosiego, sí, el otoño, parecen levantarse al cielo como... como... como ofreciendo una plegaria que no será escuchada. ¿De dónde me copié esta imagen? *Answered Prayers:*

ése es el título del libro que leía la profe de Inglés la semana pasada en los descansos entre clase y clase.

Escojo *Safe* sólo porque actúa Julianne Moore, que me recuerda a la madre que me hubiera gustado tener. Amanda elige *Braveheart,* la ha visto más de diez veces, dice que no hay nada más sexy que Mel Gibson en faldas. Le gusta todo lo que tiene que ver con Escocia. Ha leído las novelas de Diana Gabaldon, para ella no hay nada más romántico que el mundo de los *highlanders.* Romance: ser transportados a otro territorio dentro de nosotros mismos, así lo definió Amanda alguna vez cuando le preguntaba a qué se refería, qué era lo que quería de mí que no podía encontrar. Ella hubiera querido que yo fuera más romántico, se ha resignado a mi ineptitud. ¿Lo ha hecho, de veras? Ya no estoy tan seguro. Tampoco es que me sirva de algo, ahora.

Al salir de Hollywood Video, Amanda menciona los colores ocre de las hojas de los árboles en el horizonte, las múltiples gamas del amarillo.

Intenso, digo. Clásico, digo. ¿Quiere mostrarme que está en contacto con el mundo natural? ¿Quiere? ¿Mostrarme?

Ándate al carajo, dice.

Calma, calma, digo. La pareja: una forma de hacernos la vida insoportable. Pero cuando estamos solos la vida también es insoportable. Uno nunca sale ganando.

Debo tomar todo con calma. No revelar nada. Hacer como si se tratara de un día más. No, no hacer: *es un día más.* Pensar y decir una cosa mientras mi cabeza y mi corazón están en otra parte, convencidos del curso a seguir. De nada sirve preocupar a otros. Tampoco hay que darles una oportunidad para que nos convenzan de que estamos equivocados. Quizás lo estamos, ¿y qué? Que se preocupen después.

Cuando llegue el momento no dudaré. Cuando llegue el momento, aceleraré en vez de frenar.

Vamos a Java Lava. Las mesas llenas de estudiantes de la universidad de Madison, los atrae la conexión sin cables a Internet. Un afiche de un concierto de Ryan Adams, anuncios de chicos que quieren entradas para el de Franz Ferdinand, clases de salsa y tango, profesores desesperados en busca de niñeras. Una pelirroja me sonríe, debe ser *freshman,* no sabe que todavía estoy en la escuela. Es mi tamaño, las amplias espaldas gracias a tantas horas de gimnasio. Le devuelvo la sonrisa.

Pedimos chocolate caliente y biscottis, nos sentamos en una mesa cerca de la pizarra verde en la que alguien ha escrito con tiza amarilla *We don't torture. Well, actually...* No entiendo a qué se refiere.

Amanda se dispone a estudiar para sus clases de español, *no problemo,* abro mi MacBook y viajo por la red.

Visito un sitio en el que cuelgan fotos de accidentes. *Intenso. Realmente.* Veré una foto que no me abandonará durante algunas horas: dos caballos blancos sumergidos en un río, la silueta fantasmal de un granjero hundida en las aguas, las manos todavía aferradas a las riendas. Al fondo, el puente de piedra en el que se agolpan los curiosos. Una foto que podía haber sido tomada en el siglo XIX, aunque el sitio dice que el hecho ocurrió una semana atrás, en un condado de Pensilvania.

Amanda quiere decirme algo pero no se anima a hacerlo. Después, después, dice. Hace rato que tiene algunas frases atrapadas en su garganta. A veces las gargantas nos dejan decir lo que queremos, otras bloquean el paso de las palabras, exigentes puestos fronterizos que impiden que nos arrepintamos de nuestros posibles exabruptos verbales.

Exigentes puestos fronterizos. ¿Cómo se me ocurrió eso? Una imagen alambicada. Quizás yo debería dedicarme a la poesía. Como el Enterrador y las canciones que compone. La profe de Inglés dice que una cosa es poesía, otra las letras de una canción. El Enterrador le discutió: Bob Dylan ha sido postulado al Premio Nobel, no hay poeta más grande que él, todas las letras de sus canciones son poemas. Yo lo miré, extrañado: ¿cómo era posible que alguien pudiera entender lo que decía Dylan? Así cualquiera. Al final, sin embargo, le di la razón al Enterrador: hay algunas canciones de Arctic Monkeys que son poesía pura.

¿Y, Amandita? ¿Me lo dirás?

No la presiono, sé de qué se trata: ni ella ni yo sentimos lo que alguna vez creíamos sentir, y ella no quiere ser la primera en confesarlo.

Y yo, ¿por qué no digo nada? Me he acostumbrado a ella. Es justo que sea Amanda quien me acompañe en estos días. Nadie más podría sentarse a mi lado y tolerar tanto silencio. *Tanto tanto silencio.* Estuvo conmigo hace casi un año, cuando Tim se despidió del mundo. Me acompañará mañana, cuando se cumpla un año. Acompañar es un decir. Hay ciertas cosas que uno debe hacer solo.

Dejaré a Amanda en su casa, iré a buscar a papá a su trabajo. Cenaremos en silencio, tallarines de trigo integral, veremos *CSI,* su show favorito, el de *Las Vegas,* no soporta a David Caruso en *Miami* y menos a Gary Sinise en *Nueva York.* Luego iré a H & F hasta las tres de la madrugada. Trataré de dormir algunas horas. No podré. Estaré listo para lo que tenga que ocurrir mañana.

Pobre papá. Pobre mamá. Ya recuperándose, y de nuevo a lo mismo. Aunque dicen que no hay forma de recuperarse de esto. Si lo sabré yo.

Cuando estoy levantando pesas, Tim se coloca a mi lado y me observa en silencio. No se ofrece a ayudarme, no abre la boca. Mientras hago flexiones, él se sienta en el suelo. Puedo ver su silueta reflejada en el espejo.

Estoy cansado, Tim, muy cansado.

Espera a que termine y me acompaña a casa. Caminamos bajo la lluvia, nuestros pies entre los charcos y las hojas crujientes de los árboles.

Decido hacerlo sin despedirme de papá o Amanda. No voy a clases. Por la mañana, me doy una vuelta por la casa de Jenny, la mujer que nos cuidaba cuando Tim y yo teníamos tres años, a una cuadra de P & C Food Market. La veo por la ventana, encorvada. No toco el timbre, no me acerco a saludarla. Hay en el patio un triciclo con el manubrio roto. ¿Sería el que rompió Tim? Imposible, han transcurrido más de diez años.

Voy a la biblioteca municipal; a los seis años, íbamos con mamá todos los sábados por la mañana, a sacar libros que nos duraran toda la semana. El Doctor Seuss y Maurice Sendak eran nuestros favoritos. Aprendimos a leer con *Hop on Pop*. Leíamos la frase en mayúscula, luego mamá la frase en minúscula. Eso fue antes de que ella redescubriera, por Internet, a su primer amor, de la época en que tenía quince años y vivía en un pueblito en Michigan, y un día decidiera abandonarnos y marcharse con él a Cabo San Lucas.

Camino entre los estantes de libros para niños, mis pasos resuenan en el piso de parqué. La librería no me dice nada: el edificio es nuevo, fue inaugurado un par de años atrás, no contiene nuestros recuerdos.

Salgo a recorrer los parques de tantas tardes: el Gordon, donde Tim solía corretear tras los patos y las gaviotas; el de Spring Creek, donde jugábamos a ocultarnos entre las habitaciones del castillo; el de Washington, en el que aprendimos a jugar al fútbol. El viento sopla y me envuelve. *Me envuelve.* ¿Tiene sentido? ¿Es el viento envolvente? Quiero que me levante, que me lleve a algún lado, que cuando me deposite en el suelo todo comience de nuevo, todo sea como si no hubiera ocurrido lo que ha ocurrido.

¿Estamos listos? Nunca del todo. Pero es mejor eso, a esto.

Alrededor de las cuatro de la tarde, a la misma hora de Tim, en la misma esquina, veo la luz roja al final de la avenida Dewey, antes de girar hacia la izquierda para ingresar a la Ruta 15. No sé por qué, no, no sé, se me aparece la imagen de la chica de mi barrio con la que perdí la virginidad cuando tenía doce. Sus coletas, sus dientes salidos. Era mayor que yo, estaba un poco loca, sólo tenía sexo en la cabeza. Un día en su habitación rosada, estábamos viendo quién era más fuerte y la sorprendí con una llave de judo, caímos sobre su cama y nos revolcábamos y reíamos cuando, de pronto, yo tenía el pantalón hasta las rodillas, y ella la falda hasta los tobillos, y luego yo estaba dentro de ella, o mejor dicho ella estaba dentro de mí. ¿Qué será de ella? Se fue de su casa y nunca más volvió. Cuatro años ya. Probablemente tuvo una cita con un pervertido en un salón de chateo, y fue en Greyhound a encontrarse con él en un pueblito cerca de Filadelfia, y el pervertido la violó y luego la descuartizó y enterró su cuerpo en un pastizal.

El semáforo sigue en rojo. Llego a la esquina y, en vez de frenar, acelero. Se viene contra mí un Ford Explorer negro, placa...

Después del entrenamiento del miércoles, les dije a las chicas en el vestuario que mamá y Steven cumplían cinco años de casados y viajaban ese jueves a Myrtle Beach. Volverían el domingo. No era la primera vez que me dejaban sola en la casa; confiaban plenamente en mí. Tenían razón para hacerlo, no iba a hacer nada que pudiera ofenderlos. Mientras me secaba con una toalla, dije que no estaría mal aprovechar su ausencia, podrían venir todas a dormir ese jueves. Un *pijama party* como habíamos tenido un par de veces. Esas reuniones nos unían; el ponche nos desinhibía, nos permitía contar con libertad quién nos gustaba, detrás de quién nos encontrábamos, a quién no tolerábamos. Luego veíamos un par de películas de horror tipo *Saw* y nos dormíamos entre risas.

Yandira aceptó la invitación, me textearía luego. Amber dijo, ¿estás loca, Hannah? Las dos estábamos desnudas, la raja de Amber afeitada por completo me llamó la atención y quise hacer una broma pero no la hice. Era curioso cómo ya casi ni nos dábamos cuenta de nuestra desnudez en los vestuarios, cómo se volvían invisibles nuestros pechos y culos y tatuajes, pero apenas salíamos a los pasillos todo cambiaba y volvían las inhibiciones, con ropa podíamos coquetear y mirar. O al menos eso pensaba yo: quizás en los vestuarios alguna de mis compañeras recorría mi cuerpo con su mirada y soñaba con acariciarlo.

El colegio está de duelo y tú piensas en una fiesta, continuó Amber. Mañana nos toca un partido importante, tenemos que concentrarnos, ganarlo será el mejor homenaje que le podamos hacer a Jem. Tenía hinchadas las venas del cuello, estaba molesta en verdad. Yo quería mantener la seriedad pero no podía dejar de pensar en su raja afeitada. *Como en una película porno,* me dije.

Abrió su *locker,* se puso su iPod, se perdió en los Black Eyed Peas o alguno de esos otros grupos de rap que tanto le gustan, y me ignoró. Me callé. A Yandira se le nublaron los ojos. ¿Es que estaba tan equivocada, ocurrírseme que todas las chicas necesitaban un desahogo? Dryden High tenía un buen equipo, pero ganaríamos.

No me debía haber sorprendido descubrir que apenas tres semanas después de la muerte de Jem nadie tuviera ganas de festejar. Recordaba cómo había sufrido con la muerte de Tim, cómo me había tirado a la cama la depresión (los llamaba Días de Zoloft, en honor a las pastillas que me había recetado el médico), y no quería que me volviera a ocurrir. Tampoco quería que todo el equipo, todo Madison High, siguiera cubierto por ese velo de desesperación que había llegado al pueblo con el accidente, el suicidio, como uno quiera llamarlo. Ya era suficiente tanto cielo nublado, tanta atmósfera opresiva del lugar; no necesitábamos más. Yo, que era, me imaginaba, una de las más afectadas, debía dar el ejemplo.

Rhonda se me acercó al salir y me dijo que ella vendría. No le hagas caso a Amber, dijo, entiéndela.

Por la noche, hablé con Yandira y lo planeamos mejor. Después de clases, nos iríamos al *mall* de Syracuse, compraríamos ropa interior en Victoria's Secret y jabones en The Body Shop, nos daríamos una vuelta por Hollister, cenaríamos en Hooters —me encantaban sus alitas de pollo— y luego volveríamos cantando desafinadas canciones de My Morning Jacket o My Chemical Romance. Yandira y Rhonda se quedarían a dormir en mi casa. Rhonda estuvo de acuerdo con el plan.

El jueves, temprano por la mañana, fui a dejar a Steven y a mamá al aeropuerto. Estaban de buen humor;

mientras manejaba, Steven le ponía la mano en el cuello a mamá, un gesto que indicaba ternura y protección. Aprovechen, les dije, saquen muchas fotos. Filmaremos todo, dijo mamá. Se había pintado los labios y las uñas, no solía hacerlo. ¿Cómo habría sido mamá de joven? ¿Habría sido de las que, después de una clase de Educación Física en Madison High, caminaban desnudas en los vestuarios, o de las que se sentaban en uno de los bancos y se cambiaban con rapidez, procurando que nadie las viera, y luego se duchaban en la casa? La segunda opción, me dije.

En el aeropuerto, cerca del mostrador de US Airways, Steven me dio un par de billetes de veinte y mamá me dejó las últimas instrucciones: no dejar las luces prendidas, hacer las tareas, y nada de chicos en la casa, cariño. Sonrió.

Los vi irse, agité la mano y les di la espalda. Recibí un mensaje desde el avión, *¡Eres lo mxm!* Ah, mamá, siempre haciendo todo lo posible por entrar a mi mundo. Se había pasado un par de horas de un sábado aprendiendo de mí el lenguaje de los chats; por las noches veía conmigo *Laguna Beach* y *Veronica Mars,* gracias a mi página en MySpace estaba al tanto de mis gustos y disgustos (¿Me puedes explicar por qué te gusta Dane Cook?), y me mostraba los vídeos que había descubierto en YouTube (se reía con los de hámsters que salían volando de sus ruedas, y una vez, osada, me mostró a un gato que parecía estar masturbándose). Le molestaban los mensajes obscenos que me llegaban pero yo le decía que eso era normal en MySpace, a veces por tener muchos amigos aceptábamos a gente que no conocíamos. No sabía que contestaba a alguno de esos mensajes, y que me divertía mucho. Era una travesura para que a un chiquillo que no conocía se le parara. Yo podía ser algo atrevida en la vida virtual, pero en la real mi única chance de verdad había sido con Aaron, y a último minuto me eché para atrás. Me asusté. Era tan grande y musculoso, me aplastaría. Eso sí, a ninguno de los gemelos le hubiera dicho que no.

Sí, lo reconocía: no hubiera querido que reemplaza- ra tan rápido a papá, pero Steven había sido una buena in- fluencia para mamá. Gracias a él se había acercado más a mí. Nunca iríamos de compras juntas, nunca fumaríamos un porro juntas, pero al menos ella sabría qué tipo de ropa interior me gustaba y por qué Jem y Tim me habían conmovido.

Pensé en lo que había pasado entre Jem y yo, entre Tim y yo. No mucho, pero igual se había tratado de algo importante. Yo no era de esas que se dejaban. Miss Pudor, me llamaban todas, y nadie entendía que me sonrojara tanto cuando, en una fiesta, se me acercaban a hablar o querían bailar conmigo. ¡Pero si mi falda era la más corta de todas las del equipo! ¡Pero si estaba acostumbrada a hacer piruetas prácticamente en ropa interior ante auditorios y estadios llenos! ¡Pero si en las duchas ni siquiera me preocupaba de cubrirme con una toalla!

Una cosa no tenía nada que ver con la otra, les decía. Madison High había logrado mantener el título de campeón regional de *cheerleading* durante doce años consecutivos, y me sentía orgullosa de pertenecer al equipo. Cuando hacía mis evoluciones sobre el tartán, daba igual que me encontrara sola o frente a una multitud vestida de rojo; agitaba los pompones y me movía como si tuviera los ojos cerrados, tensando los músculos y desplazándome de manera intuitiva, viendo de una forma extraña, en el cinematógrafo de mi cerebro, la silueta anticipada que correspondía al próximo movimiento.

Quería un *pijama party* porque necesitaba contarle a alguien lo que había ocurrido entre Jem y yo, entre Tim y yo. Ya no era suficiente que sólo mamá y Rhonda lo supieran, las dos eran de la familia y eso no contaba.

La única clase que me entretuvo esa mañana fue la de Inglés. Miss Bedford-López, en jeans y con una sonrisa tan amplia y contagiosa que dejaba entrever que alguna vez había sido modelo, habló de las comedias de Shakespeare y nos convenció de que sus estructuras seguían vigentes en películas como *Virgen a los cuarenta años*. Era interesante, pero lo eran aún más las anécdotas sobre su esposo con las que solidificaba sus argumentos. El señor López era un peruano torpe y despistado que trabajaba en la universidad de Madison; enseñaba a García Márquez, pero su verdadera pasión eran las novelas gráficas de Neil Gaiman y Allan Moore. Todas las chicas hubieran querido tener un padre como el señor López, y todos los chicos hubieran querido acostarse con la señora Bedford-López.

A la salida de clases recibí un mensaje de Rhonda: lo había pensado mejor, no iría con nosotras. Insistí pero no pude convencerla. Mi gran plan de una reunión de todo el grupo había terminado con Yandira y yo mirándonos sin saber qué hacer a la puerta del colegio, al lado del letrero donde se anunciaban con letras grandes y negras un concierto de jazz y una reunión de padres de familia para la próxima semana. Yandira se mordió los labios, puso la cara de determinación que le conocía bien —la que ponía cuando se aprestaba a dar dos o tres volteos en el aire— y dijo no debemos permitir que las chicas nos agüen la fiesta.

Sí, le dije, hay algo que quiero contarte. Me desahogaré en el viaje.

Así, nos fuimos a Syracuse. Yo manejé, Yandira puso un compact de Death Cab for Cutie y luego se sacó las botas negras de tacos como estiletes, reclinó el asiento y se durmió. Había comenzado a llover con fuerza, el limpiaparabrisas se movía de un lado a otro como víctima de un ataque de epilepsia, yo apenas veía el camino, las luces de los camiones me encandilaban y debía concentrarme para no cruzar al otro carril. Envidié la paz en el rostro de Yandira, la respiración sibilante. ¿Llovería en su sueño?

En Hooters, al lado de esas mujeres de shorts anaranjados y poleras blancas y apretadas, de sonrisas amplias, pechos enormes y falsos bronceados —a su manera, *cheerleaders* también ellas—, escuché durante un buen rato a Yandira hablar de las posibilidades de seguir de *cheerleader* después de la escuela. Una podía conseguir trabajo en uno de los equipos de la NFL, en especial los New Orleans Saints porque tenían los uniformes más sexys, y si era audaz hasta podía intentarlo en Las Vegas, en el Cirque du Soleil, había leído de una chica que trabajaba allí y cuya única experiencia era la de *cheerleader* en una escuela de Atlanta.

Ah, Yandira, siempre tan optimista, planeando maneras de buscarse la vida sin tener que pasar por la universidad. Me pregunté en qué terminaría.

Me armé de valor y, bruscamente, cambié de tema y le conté que una tarde, en el vestuario, con Tim, y otra tarde, en el auto, con Jem.

¿Estás segura de que uno era Tim y el otro Jem?

Bueno, casi. Todo lo segura que una puede estar.

Yandira se tocó, nerviosa, las mejillas canela —ella sí, una tez auténticamente oscura—, y luego se puso a reír con una risa nerviosa. No paraba. Me molesté.

Lo mío es serio, por Dios.

Discúlpame. Es que...

Es que qué.

Es que yo también con Jem.

¿Lo mismo?

Ajá.

¿Y con Tim?

No. Bueno, no sé.

¿Cómo que no sabes?

¡Es que eran igualitos!

Nos reímos. Había algo cómico en nuestra situación.

Pobre Amanda. Con quiénes más lo habrán hecho.

Tan buenos, tan altos, tan lindos. No se merecían ese final.

Una pérdida lamentable. El equipo los echará de menos.

Todos los extrañaremos. ¿Cuántos habitantes tiene Madison? Dos gemelos no pueden desaparecer así como así. Dejan un hueco tremendo. Sus pobres papás. Dicen que la mamá todavía está en estado de shock.

Si yo te contara del hueco que me han dejado a mí, dijo Yandira jugando con los rizos de su cabellera. No he podido dormir bien estas semanas. A ratos extraño a Jem, tengo ganas de hablar con él. Es raro, porque cuando vivía apenas intercambiábamos una que otra frase al cruzarnos. Yo era muy chica para él, apenas existía.

Éramos muy chicas.

Es muy raro, dijo Yandira inclinándose y agarrándome las manos apoyadas sobre la mesa. Me asusté: una vez, en uno de esos *pijama parties* en mi casa, ella se echó a mi lado y me besó en la boca. No te asustes, me dijo después, era sólo una broma. Me quedé con la duda y durante varios días no pude dormir, intrigada ante el hecho indudable de que yo había disfrutado del beso. ¿Qué significaba eso? Al final se lo había contado a Steven, que me dijo, imperturbable: no significa ni más ni menos que eso, que te gustó el beso. ¿Qué sería de mí sin él? Era capaz de entender todo, le diría que quería ingresar al día siguiente en la Iglesia de la Cienciología y me respondería, no te preocupes, yo se lo explicaré a tu mamá.

A ratos siento como que me estoy enamorando de un fantasma, dijo Yandira. Y tengo miedo. ¿Será así toda la vida? ¿No podré enamorarme de nadie porque Jem estará siempre presente?

Tan típico de Yandira: yo había tenido la idea de la reunión para desahogarme, y Yandira terminaba ganándome de mano. Ya no podría contarle que también creía que me había enamorado de Tim, de Jem. Sonaría cómico y también trágico, dos chiquillas enamoradas de dos muertos.

Pero dime, dijo ella. Me dijiste que querías contarme algo.

¿Sí? No me acuerdo. No debía ser importante.

Qué raro. Parecía importante.

Si me acuerdo te lo diré.

Volvimos de Syracuse en silencio; Yandira había puesto un compact de The Postal Service. La carretera 81 estaba oscura; de rato en rato, los camiones pasaban a nuestro lado, sus motores rugiendo en la noche, el olor a gasolina impregnando el ambiente. La lluvia había amainado.

Eran alrededor de las diez de la noche cuando llegamos a Madison.

[webb]

Mi mujer había ido a casa de unas amigas a jugar a las cartas; yo no quise ir, me quedé mirando la televisión.

Jugué al Monopolio con Junior, después se durmió en el sofá mientras veía un DVD de *Avatar*.

Lo llevé a su cama, le puse el pijama, lo acosté.

Luego fui a mi despacho.

Encendí la computadora, ingresé a la red.

Era una noche clara, estrellada.

Me hubiera gustado abrir la ventana como lo hacía en Rota, dejar que entrara la brisa fresca del mar, escuchar el murmullo de los grillos, las cigarras.

Visité FreeOnes, uno de mis favoritos por sus archivos actualizados.

Los enlaces me llevaron a Nurgle's Nymphs, Pink-Sex, KellyFind, Pornstar Finders, los de siempre.

Me entretuve con Jesse Jane, Teagan Presley, Hannah Harper, Angel Dark, Savanna Samson, Jessica Drake.

Me excité pero me controlé.

Me gustaba llegar al borde, aguantar lo más que podía las ganas de venirme.

Me tocaba la verga con rapidez, luego disminuía el ritmo y jugaba con dos dedos un buen rato.

Entré a unos servicios de escorts en Syracuse.

Había ahorrado algo, tenía como para una noche.

Pediría una mujer alta y rubia, la llevaría a cenar, luego a la habitación del hotel.

Tendría que ser alguien a quien le gustara sentir la mano de un hombre fuerte en su cuello, un poco de dolor mezclado con su placer.

Le debían interesar los juegos con máscaras y disfraces.

No me vería el rostro y aprovecharía para golpearla en las mejillas, luego le pediría disculpas, me dejé llevar por el momento.

Ella se molestaría y pediría un taxi.

Estaba bien, yo me quedaría tranquilo.

Hacía unas semanas había ido a Syracuse.

Fui a uno de esos clubs en las afueras, todo oscuro y de alfombras pegajosas, uno sólo podía tomar jugo de naranja, patético, no tenían licencia para vender alcohol.

No había mucho material que valiera la pena, sólo una latina culona a la que hice llamar después de que hiciera su show al ritmo de *Flashdance*.

Se llamaba Jenni y era dominicana, tenía un acento impecable pero hablaba chistoso, mezclando el inglés con el español, *hi chico, how you doing papi,* ese tipo de frases.

Me hizo dos *lap dances* y luego se sentó sobre mí y yo me dije un borracho va a toda velocidad por la carretera, enciende la radio y escucha, un loco está manejando contra ruta y no hay manera de pararlo, el borracho dice, cómo que uno, ¡son miles!, y sentí que me venía, cuidado, dije, no me voy a poder controlar, pero ella siguió, la muy puta, y luego había como una mancha de aceite en mis pantalones y ella muy orgullosa de su logro.

Le pregunté cuánto costaba un polvo y me dijo que me había equivocado de lugar.

Insistí.

Me dijo doscientos dólares en mi auto.

Ciento cincuenta.

Ciento ochenta.

Acepté.

Salimos al estacionamiento.

Los porteros la dejaron pasar, seguro recibirían una buena comisión.

Ya me había venido, así que duré más de lo normal para mí.

Jenni era muy *picante* y fantaseé con volverla a ver, pero no regresé a Syracuse.

En el fondo tampoco me interesaban las mujeres de los servicios de escorts, aunque fueran más lindas y caras que Jenni.

Era otra mujer la que me llamaba la atención.

Borré los sitios de escorts del historial, mi mujer los había encontrado hace una semana, todo un escándalo.

Dejé los sitios porno para que viera que no era inocente, sospecharía si no encontraba nada.

En el sitio de Hannah en MySpace me recibió una canción de Christina Aguilera, *Ain't No Other Man*.

No había nada nuevo en su blog.

Volví a leer sus intereses, ya memorizados *(salir con mis amigas, la nieve, vestirme bien elegante, mi lindísimo Cowboy, besos de esquimales,* cheerleading, *The Strokes, The Fray, música en general, pizza de piña, el equipo de básquet de Syracuse, Veronica Mars, The O.C., zapatos de taco muy alto, Pumas...).*

La luz del baño de mis vecinos se encendió.

Podía observarlo a través de mi ventana.

Un recuadro amarillo y blanco, un ojo agazapado en la noche serena.

Hannah se acercó al lavabo, la vi a través de la llovizna.

Se lavó la cara y se miró en el espejo como si no estuviera segura de que ese rostro al que se enfrentaba fuera el suyo.

Asomaban unos granos, el acné inevitable.

Mi visita a su sitio la había convocado.

Tenía una camiseta roja, sin hombros, con esos volados que se habían puesto de moda para dar la impresión de que las mujeres estaban vestidas con su ropa interior.

Había algo en ella que me llamaba la atención.

Era la genuina despreocupación de su belleza.

No era, no debía estar consciente de ésta.

Las veces que la había visto descalza en el jardín, o con unos jeans caídos que dejaban sus tangas al descubierto, o con los pezones erectos marcándole la camisa, había creído que ninguna mujer, en toda mi vida, había sido o sería capaz de producir el efecto que ella lograba en mí.

Apagué la luz, busqué una máscara entre los cajones de la cómoda.

Sabía que los papás de Hannah estaban de viaje.

En la tarde, al ver la casa silenciosa y solitaria, llegué a pensar que Hannah había viajado con ellos.

Me quité la máscara en la cocina.

Debía tranquilizarme.

Me conté un chiste.

Me preparé cereales, los Lucky Charms de Junior.

Me senté, hojeé un catálogo de Crate & Barrel mientras terminaba el bol.

Luego comí un plátano.

En el living, hámster Diego daba vueltas incansables en su rueda.

Junior me había dicho que en Google se había enterado que algunos hámsters podían recorrer en su rueda hasta cinco millas y media por noche.

Junior, siempre tan curioso.

Triste, el destino de los hámsters: corrían maratones pero no se movían de su sitio.

La rueda era una realidad virtual para ellos.

Me tiré en el sofá y traté de distraerme viendo algo que parecía *Gran Hermano*.

Cambié canales, me detuve en MTV.

Una chica debía salir con cinco chicos que se encontraban en un bus y luego decidir con cuál se quedaba.

Los chicos eran unos idiotas en ese estilo tan de las Fraternities, se tiraban pedos y hablaban de sus hazañas sexuales, de lo grande que lo tenían.

La chica era asiática, los rasgos finos.

Decían que eran buenas en la cama.

Decían que tenían ese lado tan obediente, tan sumiso, pero que a la vez eran unas tigresas insaciables.

Nunca me había acostado con una de ellas.

Debía hacerlo.

Apagué la televisión y subí a mi despacho.

La luz del baño estaba apagada.

Borré de la computadora mi visita al sitio de Hannah.

Volví a la cocina, me puse a revolver cajones, me encontré con un cuchillo en la mano.

Uno de esos cuchillos grandes y afilados que mi mujer usaba para cortar carne.

Había dejado la máscara tirada en la mesa; me la volví a poner.

Mis acciones se me adelantaban, hacía cosas y me sorprendía a mí mismo.

Todo era espontáneo y a la vez parecía como si lo hubiera estado planeando cada día desde que nos mudamos y me convertí en vecino de una chiquilla inquietante.

Apagué la luz del porche antes de salir a la calle desierta.

Era tarde, nuestro barrio no era muy concurrido.

Aaron ya habría guardado su banquillo y las pesas.

Nadie me vería, esperaba.

Sería una sorpresa, un hombre enmascarado con un cuchillo en la mano.

Dejé que la llovizna acariciara mi rostro, como si quisiera ser despertado por el agua.

Me detuve.

Las veces que fui tras mujeres en Rota, todo había sido pleno impulso.

Ahora, había habido momentos de lucidez.

Estaba mejorando.

Todavía estaba a tiempo de volver a mi despacho, encender la computadora.

Sería menos complicado, terminar con Jesse Jane en la pantalla.

Salí a la calle.

[yandira]

Cuando llegamos a Madison llamé a papá y le dije ya estoy de regreso, me quedaré en casa de Hannah acompañándola porque sus papás no están. Papá dijo, molesto, que la siguiente pidiera permiso con más tiempo y preguntó si iba a pasar por la casa a recoger un pijama. Papá, está lloviendo, no dan ganas de salir. No te preocupes, Hannah me prestará. ¡Si son apenas unas cuantas gotas locas! Hannah se sorprendió, dijo pensé que ya habías pedido permiso. Cowboy ladraba y ladraba, era insoportable a veces.

Hannah cocinó su famoso macarrón con queso, seguía las instrucciones de la caja y luego le ponía cebolla y *croûtons* y al final parecía un plato gourmet. Tomamos jugo de arándano frente a la tele, Hannah quería ver *Smallville*, le encantaba Tom Welling, ¡es el hombre más bello del planeta! A mí me gustaba Kristin Kreuk, había algo en la forma en que el pelo lacio le caía por el rostro, y esa mirada tan tierna y dura a la vez.

Después de comer subí al cuarto de Hannah, encendí su computadora y vi mi mail. Nada interesante. Vi en YouTube un par de cortos de Jon Stewart haciéndose la burla de Bush y el último video de Hillary Duff. Leí en el blog de Perez Hilton los últimos chismes de Britney y Lindsay y Paris, insoportables criaturas sin las que no podríamos vivir. Me entretuve con algunas fotos de Beckham, qué bueno que estaba. Entré a mi página en MySpace. Tenía más de setecientas amigas. Se me había vuelto adictivo y no sabía cómo parar: la noche anterior papá me había encontrado a las cuatro de la mañana frente a la computadora. Pareces una niñita de once, había dicho. Sabía qué decirme para que me doliera.

Me puse a chatear con Colin. *Hola Jenny! No digas Jenny, te he pedido mil veces, Yandira, Yandira! Ah, las latinas y sus nombres rarísimos* ☺ ☺ ☺ *Ah los gringos, no saben lo que es bueno.* Siempre solitario y melancólico por los pasillos de la escuela, con su sobretodo negro tan sucio y raído de tanto que lo usaba, una vez alguien le había dicho que parecía el enterrador de Madison. Él se rió y dijo me gusta el apodo, de ahora en adelante seré el Enterrador. Le gustaba la poesía de Alice Dickinson, series como *A dos metros bajo tierra,* y sobre todo *emo,* esa música pop torturada, Dashboard Confessional, Jimmy Eat World, Thursday, Sunny Day Real State, Lots of Caulfield. Una vez me hizo un compact y le dije el estilo no me da para más de tres canciones, parece lo que escucha una pareja al hacer el amor la noche antes de que uno de ellos se vaya a una universidad en la otra costa.

Precisamente, respondió, lo has dicho bien, hacer el amor, nada de sexo.

Insistió tanto que colgué algunas canciones en mi página, y luego él hizo como que no se había dado cuenta. Colin, siempre tan lleno de vueltas. Podrías ser muy popular si te lo propusieras, a las chicas les gusta esa onda postgótica, de gótico que sabe que lo es y juega con los elementos del estilo. No sabía qué buscaba conmigo, le debía caer bien, quizás sólo quería que fuéramos amigos, a veces me invitaba a su casa y yo lo veía componer canciones y no hablábamos mucho durante horas, otras esperaba a la salida del colegio y me acompañaba a casa. Caminábamos por la calle Mackintosh, cruzábamos el puente de los suicidas —que había servido para que tantos estudiantes de la universidad de Madison encontraran su fin—, y luego, en la bajada hacia mi barrio, yo me decía, ahora se animará, me dirá que soy *la musa para su poesía,* una de esas frases cursis típicas de las canciones que le gustaban, pero nada, no abría la boca, llegábamos a la puerta de mi casa y luego se iba, suponía que le era más fácil comunicarse a través del chat. Adiós, Enterrador, nos vemos mañana.

Volví junto a Hannah para terminar de ver *Smallville*. La televisión me interesaba cada vez menos, había más opciones en la computadora. Algún día mis hijos se reirían cuando les contara que hubo una época en que la gente se pasaba horas frente al televisor.

Hannah había abierto una Corona y la tomaba junto a una *pint* de Ben & Jerry's, Chocolate Chip Cookie Dough.

Qué combinación, le dije.

Está buenísima, dijo.

Fui a la cocina, saqué una Corona del refrigerador, la abrí y luego corté un limón y metí una raja en la botella. Me acerqué a Hannah, me recosté en el sofá, apoyé la cabeza en sus faldas, ella dejó la tarra de Ben & Jerry's en la alfombra y me acarició el pelo. Cowboy, tirado en la alfombra, alzó la cabeza, aprobó que todo estaba en orden y volvió a dormir. Me gustaba esa canción de la serie, de ¿Stereophonics? Le pediría a Colin que me la consiguiera, él bajaba todo gratis, yo estaba cansada de gastar mi plata en iTunes. De dólar en dólar, todo desaparecía.

Hannah, le dije, ¿en qué anda ese tu vecino?

¿El señor Webb?

El que hace pesas todo el día en la acera.

Ah, Aaron. Se metió en líos y tiene arresto domiciliario. Drogas, creo.

Ya me parecía medio *freak*.

Es un buen chico.

Tiene cara de enojado, y sus tatuajes en toda la espalda me dan miedo, pero sus músculos... ¿Has visto su *six-pack*?

Es mi vecino desde hace años. Aparece y desaparece, creo que tiene unos parientes en Atlanta. Una vez también estuvo meses en uno de esos correccionales para menores de edad. Me da pena.

A mí me daría miedo.

Es que yo lo conozco de antes, de cuando no mataba una mosca y jugaba al básquet en el parque a dos cuadras de aquí. ¿Sabes que una vez casi casi...?

¿En serio?

Yo tenía trece. Venía a la casa con sus amigos, a ver televisión. Uno de ellos embarazó a Liv, la pobre tenía dieciséis años y era la chica más linda del barrio. Una pelirroja que nos daba vuelta y media a todas. Ella tuvo al niño, terminó el cole y se mudó a Filadelfia con sus papás. Su mamá me escribió, dice que Liv está en Penn State y le está yendo muy bien.

¿Y el niño salió...?

Negrito, como el papá. Bien lindo.

La cara que habrán puesto sus papás.

Son bien liberales, no hubo problema. De hecho la mamá lo cría mientras Liv estudia. Pero te contaba. Un día veíamos la tele y, no sé cómo, nos miramos y comenzamos a toquetearnos. Me dijo que fuéramos a mi cuarto. No había nadie en la casa. Me animé. Le dije que me esperara un poco, era algo tímida. Fui al cuarto, me desvestí, me metí en la cama y lo llamé. Vino, se desvistió...

¿Y la tenía...?

¡Ya basta con los estereotipos! A ti no te gusta que piensen que todos los latinos son...

Dale, seguí.

Me abrazó. Sentí su peso sobre mí, y me asusté. Me puse a llorar, le pedí disculpas, le dije que otro día por favor...

¿Y no intentó nada...?

Fue muy caballero. Me agarró la mano y se contentó con que lo hiciera venirse. Tuve que lavar las sábanas antes de que llegaran mis papás. Y claro, nunca hubo una segunda oportunidad. A veces me mira en la calle y me dice, me arrepiento de haberme portado tan bien. Y yo me río, y él también.

Me has dejado con ganas.

A mí me ha dado pena.

¿Por qué? ¿Porque quizás te perdiste un buen polvo?

No seas idiota. Es que me acordé de lo enamorada que estaba Liv de Will, y me di cuenta que se acabaron esos tiempos cuando mis amigas y yo teníamos muchos amigos que eran negros...

African-American.

Si eres amiga de ellos son negros y punto. Chicos del barrio que venían a mi casa, o nos reuníamos en la casa de Liv y organizábamos fiestas juntos o íbamos al Triángulo y en el verano nos juntábamos detrás del cine junto a Target. Pero llegó *high school* y cada uno por su lado y muchos de ellos ni siquiera van a la escuela y ahora nos vemos en la calle y nos saludamos tímidamente.

Es que tu barrio, un poco más y vives en los *projects*.

Los *projects* aquí son un chiste comparados con los de verdad en el Bronx o Filadelfia.

De por ahí todo terminó cuando tu amiga Liv se quedó embarazada...

Quizás. No sé. Igual me da pena.

Puso cara pensativa. Agarré sus manos entre las mías. Hizo una mueca, un intento de sonrisa que se quedó a medio camino.

Cuando terminó *Smalville* Hannah se levantó y dijo que quería ducharse. Dale, dije, luego voy. La vi subir por la escalera. Me quedé imaginando cómo sería hacerlo con Aaron. Me aplastaría. Pero seguro tendría una experiencia inolvidable. De recuerdo, me haría tatuar toda la espalda, como él.

Me entretuve con el control remoto, puse una telenovela mexicana en Univisión para ver qué tal mi español. No entendí nada, hablaban muy rápido, pero en el fondo no importaba lo que decían porque sus expresiones, qué melodrama, a la hija de la empleada la había embarazado el hijo del millonario dueño de casa, algo así, qué problema. Chinga su madre, eso entendí.

Nunca les perdonaría a mis papás que no hubieran hablado español conmigo cuando era niña. Papá trató de remediarlo en los últimos años llevándome de vacaciones a El Salvador, pero no era lo mismo, ya era tarde. Me daba vergüenza cuando venían sus amigos a hablarme y yo apenas entendía lo que me decían y contestaba con frases balbuceantes y un acento desastroso. Quería tomar cursos de Español AP pero antes debía estudiar muchas cosas por mi cuenta. No era suficiente ver Univisión de tanto en tanto.

Dejé la televisión encendida, subí al cuarto de Hannah. Me desvestí, me vi en el espejo de cuerpo entero que tenía en la puerta y me dije debo trabajar más en mis brazos. Me puse una toalla y fui al baño.

Hannah asomó la cabeza llena de espuma y dijo apúrate, yo ya estoy terminando. Era más alta que yo, era linda y muy popular; yo quizás no era tan linda, mis pechos eran pequeños, pero todos decían que era más sexy, había algo pícaro en mi mirada, me vestía de manera más provocativa, y además era más accesible, me llevaba bien con todos.

Dejé caer la toalla al suelo. Estaba entrando a la ducha cuando escuchamos un ruido en el primer piso, como el golpe de una puerta tirada por el viento.

Qué fue eso, preguntó Hannah.

¿Cerraste bien la puerta?

Sí, estaba cerrada, pero no con llave.

Quizás tus papás volvieron.

No, imposible.

Ha debido ser el viento.

No hay viento.

De por ahí es Cowboy. Se subió al sofá e hizo caer el control. ¿Quieres que vaya a ver?

Así estaré más tranquila.

Volví a envolverme con la toalla. Bajé por las escaleras. Tan miedosa, Hannah. ¿Qué podría pasar?

No podía ser el control, no hubiera sonado tan fuerte como para que se escuchara sobre el volumen de la televisión.

Llegaba al último escalón cuando lo vi. Una silueta enorme recortada en el umbral de la cocina. Me quedé paralizada por unos segundos. Lo primero que se me ocurrió era que se trataba de Aaron.

No te voy a hacer daño, dijo la silueta, y avanzó un paso hacia mí. Su voz no me era familiar. Entonces vi la máscara que le cubría el rostro y el cuchillo en la mano. Me di la vuelta y comencé a gritar, Hannah, Hannah, hay alguien aquí.

¿Qué?

Descalza, me resbalé. El hombre subía las escaleras, estaba a unos pasos de mí. Ahora yo sollozaba. Me recuperé, dejé la toalla en el camino, di dos saltos y me encerré en el baño con Hannah.

¿Qué pasa?, gritó Hannah saliendo de la ducha.

¡Un hombre, Hannah, hay un hombre ahí abajo! ¡Creo que es Aaron!

¿Aaron?

La puerta no tenía cerrojo. Me apoyé contra ella con todas mis fuerzas. Hannah abrió la ventana y se puso a gritar. Tanto silencio en el barrio, nadie en las calles, la gente con la televisión encendida a todo volumen.

Hubo un golpe fuerte en la puerta que me tiró al piso. El hombre apareció en el umbral. Hannah y yo gritamos al mismo tiempo.

Silencio, no les voy a hacer daño.

Hannah exclamó: ¿Entonces por qué putas tiene el cuchillo?

Estábamos histéricas.

Cálmense, todo saldrá bien.

¿Señor Webb? ¿Es usted el señor Webb?

Hannah, por favor, cierra la ventana.

No teníamos más opción que obedecer. Era un hombrón, su cuerpo ocupaba todo el espacio de la puerta.

Y yo que había pensado que era Aaron. Y el muy idiota que justo se había metido a su casa en vez de quedarse en la acera a escuchar nuestros gritos.

Hannah y yo nos cubrimos con toallas. ¿Qué quiere, señor Webb?

No me digas señor.

¡Por favor, díganos qué quiere!

Por lo pronto, vayan al cuarto y vístanse. Ningún movimiento en falso, por favor, y entréguenme sus celulares. Por si acaso, la línea telefónica está cortada.

Sabía lo que él quería. Lo había visto en su porche, la manera en que nos miraba cuando llegábamos, se le caía la baba. Maldije mi suerte. No debía haber acompañado a Hannah, con los vecinos que tenía, a cual peor. Debía haber hecho como Rhonda, quedarme en casa. Ahora, si Rhonda hubiera venido, le habría sido más difícil luchar contra tres. Rhonda, hija de puta, por qué no viniste. ¿Y yo por qué vine? ¿No me daba pena pensar eso, dejarla solita a Hannah con ese monstruo?

Me preparé para lo peor.

Pensé, ojalá sea con Hannah primero. Quizás eso lo deje satisfecho. Quizás así yo tenga más tiempo para planear cómo librarme.

Jalé de pronto la cortina de la ducha, quise darle con el fierro. Sentí un golpe en la cara que me dejó atontada. Me toqué la sangre en la mejilla, mordí mis labios.

Entramos al cuarto, nos vestimos entre sollozos. Le dimos los celulares, los apagó y se los metió a uno de los bolsillos. Me pregunté qué le habría pasado a Cowboy. No habíamos escuchado sus ladridos. ¿Se estaría desangrando en el jardín?

Un pensamiento me asustó: habíamos reconocido al señor Webb. ¿Nos dejaría ir vivas, para que luego pudiéramos contarle lo ocurrido a todo el mundo?

Oh, sí, debíamos prometerle al señor Webb que no abriríamos la boca ni muertas.

[junior]

Abro los ojos. Algo me ha despertado. No veo nada en la oscuridad, papá y yo seguimos en ese juego, apenas cree que estoy dormido viene y apaga la luz de mi velador, esa en la que los pececitos se la pasan girando y girando, y luego espero hasta que se duerme para encender la luz. No entiende que a mi edad no pueda acostumbrarme a la oscuridad total, y no me cree cuando le digo que la noche es demasiado buena para que me visiten criaturas de todo tipo, especialmente la vieja que se apoya junto al televisor y me sonríe, como esperando un movimiento en falso. Y yo no me muevo. O también todos esos seres de ojos grandes que viven bajo mi cama y salen de allí cuando el silencio se convierte en la presencia más importante de la noche. Y luego los árboles apoyan sus largas ramas en las ventanas. Probé a dormirme con la televisión encendida pero papá tampoco lo permitió por mucho tiempo. Así que la lucha continúa, a veces llegamos a la mañana y yo he ganado, y otras papá se sale con la suya y la luz de la madrugada aparece cuando todo está oscuro. En el invierno él bajará unos grados el termostato, para ahorrar, y yo esperaré que él se duerma para bajar las escaleras y subir unos grados. Le digo a Tommy que se despierte. ¿Y ahora qué hacemos? Vamos al cuarto de al lado. Mamá no está, papá ha salido. Buena hora para jugar con las máscaras, dice Tommy. No, no, digo, no quiero meterme en más problemas. Papá se enoja. No le hagas caso, se enoja de todo. ¿Entonces qué? ¿Jugamos al Super Mario un rato? ¡Aburrido! Vamos al living, ¿tú crees que Diego comió toda la zanahoria que le dejamos? ¿Y los pedacitos de manzana?

La rueda estará sucia... Le digo que volvamos al cuarto y contemos las historias que nos gusta contar, por ejemplo la del niño que cambió a su padre por dos peces dorados. Y esperamos, ¿qué? Algo. Que vuelvan papá y mamá. La casa no es grande, pero lo parece si estás solo, tantos ruidos, tantas sombras, tantos relojes que no dejan de moverse, tantas sillas y mesas que se hablan entre sí, y en la cocina esos platos y ollas y tenedores con su vida aparte, y los cuadros en las paredes, fotos de bisabuelos muertos que no conocí, de un abuelo que está encerrado porque ha hecho cosas muy malas, ¿habría usado máscaras? Ya sé, le digo a Tommy, contemos cuentos del Abuelo. Yo comienzo, tú sigues. Había una vez un Abuelo que vivía en una mansión abandonada y tenía una bola de cristal donde podía ver el mundo y sus alrededores. El Abuelo veía quién se portaba bien, por ejemplo Chris, que le había regalado su oso de peluche preferido a su hermano menor, y el Abuelo se acercaba a la casa de Chris, y tapiaba las puertas y cerraba las ventanas y ponía hollín en la chimenea y cerraba los desagües, en fin, todo agujero que conectase a la casa con el mundo exterior. Y luego el Abuelo esperaba. Y llegaba la oscuridad. Y a la mañana siguiente, de Chris y su hermano y sus papás sólo quedaban huesos. Pobres los hermanos y los papás, no tenían nada de culpa, dice Tommy. Pensándolo bien, le digo, Chris tampoco tenía nada de culpa. No me gustan tus cuentos, dice Tommy, juguemos a la guerra de peluches. ¿A esta hora? ¿Y qué? Hacemos dos pilas de peluches, a diez por cabeza, gatos y pingüinos mis favoritos, zorros y delfines los de Tommy, y vamos nuevamente al cuarto de los papás y encendemos la luz de la lámpara del velador, y yo me pongo a un costado de la cama y Tommy al otro, cada uno con una almohada como escudo, y comenzamos a tirarnos los peluches, *drop bomb!*, algunos que tienen cierres y botones duelen si te golpean la cara, nos agachamos, Tommy se sube a la cama para rematarme, le digo que eso no vale, nos reímos a carcajada limpia, y luego nos tiramos en el suelo, el cuarto es un tendal de peluches, mejor los ponemos en su sitio antes de que lleguen Ellos, dice Tommy con un tono algo siniestro. ¿Quiénes son Ellos? Los papás, idiota. Ah. Seguimos tirados en el suelo cuando escuchamos un portazo y ruidos de pasos. ¿Qué fue eso? No tenemos ganas de levantarnos. Silencio. Luego, un auto que parte. Me acerco a la ventana. Es el de los vecinos. ¿Adónde estarán yendo a esta hora? Tommy dice que ya no quiere jugar. Tiene sueño. Buenas noches, me voy a dormir. No, Tommy, primero me ayudas a arreglar el cuarto. No seas así. ¿Tommy? ¡Tommy!

[webb]

En la cocina me puse los guantes amarillos para lavar los platos.

Antes de salir, en el depósito, encontré *duct tape* y una cuerda de lino, y las puse en una bolsa.

Me coloqué la máscara y salí a la calle.

Me dirigí a la parte trasera de la casa.

La puerta de la cocina siempre estaba abierta.

Una vez allí, en la oscuridad, tuve un segundo de duda. ¿Sabía lo que iba a hacer?

Me detuve al lado del basurero.

Una sombra corría por el jardín, una pelota entre los pies.

La sombra se acercaba al arco, amarillo brillante en la oscuridad, y se enfrentaba a otra sombra.

La pelota se incrustaba entre las redes.

¿Hannah?

¿Eres tú, Hannah?

Cerré los ojos.

Los abrí.

Debía controlar los nervios.

Un cazador es perseguido por un oso.

El oso está a punto de agarrarlo cuando se resbala.

El cazador se escapa, el oso se levanta y lo sigue; va a agarrarlo cuando vuelve a resbalarse.

El cazador llega al pueblo y cuenta su historia a quien lo quiera escuchar.

Alguien le dice, qué valiente, yo que tú me hubiera cagado de miedo.

El cazador dice: ¿y en qué crees que se resbalaba el oso?

Una gata en celo da vueltas por una plaza a la medianoche.

Los gatos salen corriendo detrás de ella mientras gritan «¡culeo, culeo, culeo!».

Un gato chiquito corre detrás de la gata y los gatos, da una, dos, cinco, diez vueltas.

A la media hora, el gatito se detiene agotado y dice: «un culeo más y me voy a dormir».

Ya.

Tranquilo.

¿Dónde estaban?

No escuchaba sus voces.

La televisión estaba encendida, pero no había nadie en la sala.

Se habrían dirigido al segundo piso.

Hice ruidos con mis botas para llamar la atención del perro.

Al rato apareció.

Se detuvo a mis pies, movió la cola pero también gruñó mostrándome los dientes; trataba de decidir si era amigo o enemigo, sospechaba que lo segundo pero sus instintos reaccionaban con lentitud.

Una patada en el hocico lo dejó tendido.

Me incliné sobre él.

No respiraba, parecía tener el cuello descoyuntado.

¿Y ahora?

Me vi caminando por los pasillos de Madison High, cuando era un chiquillo y las chicas populares del colegio no me miraban.

El pelo negro de Rita le llegaba a la cintura y yo no existía para ella.

A la rubia Sally le decían Twiggy por la modelo, usaba minifaldas y *hot pants,* era muy buena alumna e iba a la iglesia todos los domingos pero tenía el mal gusto de escoger a sus novios entre los rebeldes e irresponsables.

Betty tenía pechos como los de Hannah y se dejaba hacer cosas, pero no conmigo; un atardecer la esperé cerca de su casa y le di un susto que la hizo caer de su bicicleta.

Me reía en silencio cada vez que veía sus rodillas rasmilladas.

Me vi hablando con papá en la cárcel el día de su arresto.

Ellas fueron las culpables, hijo, tienes que creerme, ellas me provocaron.

Las muy putas.

Me vi aquellas dos veces en Rota, con esas hijas de puta.

Sí, claro, no había forma de no creerle, lo sabía muy bien, ellas tenían toda la culpa, ellas se lo buscaban.

Alguien bajaba las escaleras.

Me sentí tentado a llamarla, ¿Hannah?

No dije nada.

Me acerqué a la puerta.

No era Hannah sino una de sus amigas.

Yandira.

Tranquila, no te haré nada.

Gritó, subió los escalones a saltos.

Antes de seguirla, corté la línea telefónica.

Debía apurarme antes de que usaran sus celulares.

Estaban encerradas en el baño.

Le di un empujón a la puerta y ésta cedió.

Yandira estaba envuelta en una toalla, Hannah apagaba la ducha, las dos gritaban.

Les mostré el cuchillo, les dije que se calmaran, era mejor para ellas.

El vaho del vapor se apoyaba en el espejo, comenzaba a disolverse, a permitir reflejos en el cristal.

Hannah se cubrió con una toalla.

Le pedí que cerrara la ventana.

Me hizo caso entre sollozos.

Pocas veces la había visto tan hermosa, las mejillas frescas, lozanas por la ducha, como modeladas en una arcilla fina que no permitía rasguños.

Tranquila, querida, si haces caso nada te pasará, sólo quiero que me dejes acariciarte el pelo hasta que te duermas.

Yandira hizo caer la cortina de la ducha y trató de atacarme con el fierro que servía de soporte.

No quise usar el cuchillo, le di un golpe en el rostro con mi codo.

Sangraba de una de sus mejillas.

No lo vuelvas a intentar, por favor.

La barra de la ducha, al caerse, rompió la jabonera.

Les pedí que fueran al cuarto a vestirse.

Mi tono era lo más calmado posible.

No quería asustarlas más de lo que ya estaban.

Yandira estaba vistiéndose sentada en la cama cuando, de pronto, se levantó y quiso empujarme.

Era fuerte, de las que, en las rutinas antes de los partidos, servía de base para que las otras chicas escalaran sobre ella; la había visto varias veces tirar a Hannah al aire como si fuera de papel.

Igual, no debía pesar ni la mitad de lo que yo pesaba.

Le di un golpe y la hice caer al suelo.

Les cubrí la boca con *duct tape* y les amarré las manos.

Encontré la llave del auto de Hannah en la mesita del televisor.

Primero llevé a Yandira al auto.

La hice entrar en el maletero, lo cerré con llave.

Hija de puta, ya vas a ver.

Luego volví en busca de Hannah.

Querida Hannah, disculpas, por favor, entiéndeme.

Esto quizás te asuste pero no te va a doler.

No estarás cómoda, estará todo oscuro, pero manejaré despacio y no tardaremos mucho, lo prometo.

¿Bueno?

Eran palabras que quería decir pero no dije.

Agarré el oso amarillo de peluche que estaba sobre la cama y que la ayudaba a dormirse todas las noches.

Se me ocurrió que a ella le gustaría que el oso la acompañara hoy.

La cargué entre mis brazos y la llevé al auto.

No forcejeó como Yandira, no se resistió. Estaba llorando.

Abrí el maletero, hice entrar a Hannah, lo cerré con llave.

Partimos rumbo a la granja de papá.

[hannah]

Disculpas yandira mil disculpas tú no tenías nada que ver no no tú no *por dios* no debí haberte pedido que te quedaras a dormir conmigo no era una mala idea quién podía haberlo previsto sabía que había algo raro en su mirada *las miradas en el cielo dicen miau las miradas en el cielo dicen miau* pero tampoco me imaginé esto quién podría su hijito su esposa qué dirán pobres cómo será vivir sabiendo lo que ocurrió aunque pensándolo bien es difícil pensar bien ella debió haberlo sabido *pobres al carajo* no puede estar viviendo con un degenerado y no darse cuenta degenerado DE-GE-NE-RA-DO y yo que me cuido tanto y yo que odio que se me acerquen mucho sin mi permiso que me hablen a cinco pulgadas de mi cara que apoyen su mano en mi hombro cuando quieren charlar conmigo así como si fuéramos amigos íntimos y yo y yo y yo connor se me acercaba en el kinder tenía un cerquillo que le cubría los ojos tan celestes que una vez le dije a mamá que había azul, había celeste y había los ojos de connor un celeste diferente connor se me acercaba y yo dejaba que lo hiciera y yo dejaba jugábamos con plastilina hacía once bolitas de colores estaba orgulloso de lo rápido que era para los números cuatro más siete once y a mí me gustaba leer y cuando nos tocaba hora libre para hacer lo que quisiéramos nos tirábamos en el piso y yo le leía uno de mis cuentos favoritos y él acercaba su cabeza a la mía y yo lo dejaba a él sí a él sí oh dios oh dios que por favor termine rápido el asqueroso y nos deje libres no volveré a casa nos amenazará pero yo iré igual a la policía no se va a quedar así *policía por favor socorro ayuda* la ineficiencia nos va a matar literalmente está todo tan oscuro dónde estaremos el pavimento ha terminado esto es un camino de tierra y piedras con mi hermano hacíamos casas carpas cuevas en su cuarto usábamos frazadas y sábanas nos escondíamos de los papás nos refugiábamos de todo *me gustaba la oscuridad oscuridad muy oscura la oscuridad* eso fue antes de que él comenzara a verme como a una niña eso fue antes de que encontrara sus calcetines pringados de semen bajo la cama se hacía la paja con las revistas de papá qué asco qué lindo sería poder abrir los ojos y ver todas las estrellas iluminando el cielo como en una noche de verano yandira estoy contigo sé que lo sabes y me estás diciendo lo mismo saldremos de esto ya lo verás algún día esto se convertirá en una pesadilla y dudaremos si realmente ocurrió steven mamá qué estarán haciendo tan necesitados de una vacación deben haber ido a cenar su hijita su hijita los quiere mucho mi hermano mejor que ni se entere querrá matarlo con sus propias manos tendrá comida cowboy estará vivo tirado en el piso el pantalón de abercrombie me quedaba bien debí habérmelo comprado no podré conocer al hombre con el que algún día debía casarme con el que tendría dos hijos pecosos y traviesos que serían la felicidad de mamá y steven steven semen ese hombre debía enamorarse de mí y ahora que todavía no me conoce no sabe que su corazón acaba de quedar incompleto para siempre no habrá un gran amor para él encontrará a una mujer que lo quiera será incluso feliz pero algo le faltará en su vida y nunca sabrá que ese algo soy yo no debo ser fatalista no es mi estilo cuál es mi estilo qué es el estilo me parece insoportable pero paris hilton tiene estilo tengo que imaginar que lex luthor me ha raptado y tom welling vendrá a mi rescate *we're still livin' here how come nobody can tell they're taking all the furniture moving our things come on little honey put your head on my knee what happened in the car that night tell 'em that the house is not for sale we could grab a couple sheets yeah give 'em quite a scare* cómo seguía tom apúrate tom apúrate.

[webb]

Estacioné el auto al lado de la casa.

Encendí un cigarrillo, me quedé un rato sentado decidiendo qué hacer.

Cambié de frecuencia en la radio, me quedé con la voz ronca de John Seeger.

Estaba todo oscuro; papá había elegido este terreno porque no quería tener vecinos.

Ni los años habían logrado que alguien viniera a vivir cerca de la granja.

No era un buen lugar; la tierra era seca, rocosa, difícil cultivarla.

Un sitio para un ermitaño, un criador de cerdos o de ovejas.

Con un cigarrillo entre los labios, Seeger en la radio y bajo la noche sin estrellas, me sentí en paz.

Me había sentido así varias noches en el aire fresco de Rota, cuando caminaba con Nelly y Junior por la plaza los fines de semana que tenía libres y veía a los niños correteando en los parques.

A veces se me había ocurrido que la solución era dejarlo todo e irme a vivir a España.

Podía ser traductor o incluso plomero o electricista, era bueno para esas cosas.

Pero luego recordaba que esa paz no había durado mucho en Rota.

En la base había mujeres que provocaban sin provocar, tan sólo por existir cerca de mí y usar perfume aunque el código militar se los prohibiera, y en el pueblo las españolas mostraban mucho las piernas, las espaldas, los hombros.

Qué ganas de tocarlas.

Todos los hombres debían ser como yo, sólo que la gran mayoría era una sarta de hipócritas.

¿Y eso?

El aullido de un perro.

Sí, eso.

Ruidos en el maletero.

Seguro Yandira, que se agotaba en vano pateando a diestra y siniestra.

Había un japonés que tenía como vecino al señor Curro.

El señor Curro tenía unos perros feroces que ladraban todas las noches.

Un día el japonés no pudo más y llamó a la policía a quejarse: «¡Señol, los pelos del Culo me están molestando!».

«¡Pues córteselos, carajo!»

Hacía frío, pero todavía no tenía ganas de entrar a la casa.

No sé, tenía miedo de encontrarme con papá allí adentro.

Que me diera una golpiza como cuando era niño y me portaba mal o hacía una travesura que se me iba de la mano.

Ya lo sé, un miedo tonto, papá estaba tras las rejas y no había manera de que se apareciera aquí.

Absurdo.

Pero no podía evitar sentir eso.

Fui detrás de la casa en busca de troncos para encender una fogata.

Abrí la despensa, llena de telarañas que deshacía con mi cuerpo y se me pegaban al rostro, periódicos y revistas viejas.

Mamá decía que papá era como esos animalillos que acumulan provisiones para el invierno.

Time, Newsweek, The Madison Times, The Madison Journal, Sports Illustrated, Playboy: las hojas se volvían amarillentas, los ratones se comían las revistas, pero papá se negaba a deshacerse de sus montañas de papeles.

Un encendedor en forma de pistola en una caja de duraznos.

No me quedó otra que entrar a la casa.

En la cocina, querosene.

Barro por todas partes.

Al menos ya no llovía.

Me costó encontrar un lugar seco.

Había uno bajo los olmos a un costado de la casa.

Debía apurarme.

Nelly no tardaría en llegar.

Si yo llegaba después de ella me preguntaría dónde fui, y yo a dar una vuelta, y ella y así nomás lo dejaste a Junior solo en la casa, y yo no le iba a pasar nada, y ella estás loco sólo tiene diez años.

Estuve diez minutos sentado junto a la fogata.

Valor, valor.

Abrí el maletero y saqué a Hannah.

La cargué al cuarto de papá, era un bulto liviano.

En el camino me conté un chiste para relajarme.

La tiré a la cama.

Encendí la luz, quería verle la cara cuando todo ocurriera.

Había pánico en los ojos.

Forcejeaba.

Hannah, por favor, no me mires así.

Te va a gustar, te lo prometo.

Y si no, entonces lo volvemos a hacer hasta que te guste.

Un retrato de Jesucristo en la mesa de noche.

Observado, incómodo.

Di la vuelta al retrato.

La ansiedad me ganaba.

No quería fallarle.

Cuando estaba muy ansioso, apenas mi verga tocaba la raja de Nelly, me venía.

La veía decepcionada pero no me decía nada.

Y lo peor era que siempre estaba muy ansioso.

Al final, poco a poco, fuimos dejando de hacerlo.

Creo que allí comenzó todo.

En Rota.

Las ganas que tenía de metérselo a alguien que no me juzgara.

Que no se quejara, ni con la mirada.

Se quejaría de otra cosa, pero ya sería tarde, yo estaría lejos.

Acaricié el pelo de Hannah.

Tan rubio, tan delicado.

Lo olí.

A manzana.

Me conocía su champú de memoria.

Le bajé los pantalones.

Me quiso patear.

Con todo el dolor de mi corazón, le di un sopapo.

Me hubiera gustado desatarle las manos, quitarle el *duct tape* de la boca, pero habría complicado las cosas.

Le saqué el calzoncito lila de un tirón, y luego se la metí.

¿Le parecería de buen tamaño?

¿Estaría acostumbrada a las de los del equipo de fútbol, seguro grandes, imponentes?

La mía era de cinco pulgadas, tamaño medio tirando a chica, nada de qué enorgullecerse.

Me daba rabia cuando entraba a esos sitios como sexsearch.com y adultfriendfinder.com

Esas mujeres que ponían anuncios buscando hombres que fueran «generosos», y yo a una le dije que sería muy generoso, le compraría ropa en Victoria's Secret.

Ella me contestó que no le había entendido a qué se refería con «generoso».

Bien dotado, me dijo.

Siete pulgadas no era bien dotado, tenía que ser ocho o nueve.

Le pregunté qué tal cinco.

Era chiquito.

¡No es chiquito, es promedio!

Putas, mil veces putas.

Lo que ellas quieren en el fondo no son hombres sino caballos.

Para que se las metan hasta el fondo.

Besé a Hannah en las mejillas, en el cuello, en la nariz, en las orejas, en sus labios cubiertos con *duct tape*.

Ella lloraba.

Tardé menos de un minuto en venirme, pero sentí que era un minuto largo, no como los que tenía con Nelly.

Discúlpame, por favor.

Te quiero mucho.

La cargué al maletero.

Era el turno de Yandira.

Acerqué mi rostro al suyo.

La besé.

Se resistió más que Hannah.

Y yo fui más violento con la hija de puta.

Le di sopapos en sus mejillas hasta que me dolieron las manos.

Mientras lloraba, le metí el dedo al culo.

La lamí bien lamida.

Tenía mis manos en su cintura y ella forcejeaba por desprenderse.

Atrevida.

Un golpe en el estómago la dejó sin aire.

Esperé que se recuperara.

Luego se la metí de una.

Estaba seca.

Cuando terminé, la llevé al auto a empujones.

Otro chiste, uno de rubias tontas.

Junto a la fogata, se tiró al suelo intencionalmente y se negó a avanzar más.

Podía levantarla con facilidad, pero su mirada desafiante me dio tanta rabia que fui al asiento delantero del auto y volví con un cuchillo.

Me miraba como provocándome.

Como diciéndome que sabía que yo era en el fondo un hombre miedoso incapaz de prometer lo que cumplía.

Le hice un corte en la palma de la mano.

Chilló de dolor.

¿Y ahora, me vas a seguir mirando así?

Atrévete ahora.

Su mirada no cambiaba.

Le dije que cerrara los ojos.

No me hizo caso.

¡Es por tu bien, hija de puta!

Nada.

No me quedaba otra.

Me conté un chiste entre dientes.

¡Cierra los ojos!

Nada.

Furioso, agarré el cuchillo y sin pestañear se lo metí en el estómago.

Dos.

Tres.

Cuatro.

Cinco.

Cuando desperté, le había metido el cuchillo unas veinte veces.

Por todas partes del cuerpo.

La sangre me había salpicado en los brazos, en la camisa, en los pantalones.

Debía pensar rápido.

Que los nervios no me ganaran.

No había tiempo para enterrarla.

Y tirar un cuerpo así, tan grande, era demasiada evidencia.

Lo encontrarían rápido.

Qué hacer.

Papá, papá, por qué estamos celebrando la Navidad en septiembre.

Porque con tu leucemia no llegamos a diciembre.

Papá, papá, mis compañeros me han dicho cabezón.

No les hagas caso, hijito, más bien alcánzame esas veinte naranjas, puedes usar tu gorro.

Papá, papá, por qué dicen que mi hermana es una puta.

No hables que distraes a tu hermana, ¿no ves que me la está chupando?

Reducir el cuerpo a pedazos...

Más fácil deshacerme de él.

No quedaba otra.

¿Podría hacerle eso a Hannah?

¿A mi Hannah?

¿Qué estás haciendo?

¿En qué te metiste?

Hubiera querido que todo comenzara de nuevo, conmigo en la cocina, sentado en la mesa con el bol de Lucky Charms en la mano.

A partir de ahí todo sería diferente.

Me quedaría en el sofá viendo televisión, no subiría a mi despacho a ver si la luz del baño seguía prendida, no bajaría a la cocina en busca de un cuchillo, pondría la máscara en su lugar.

Querida Hannah, por favor, perdóname por lo que te voy a hacer.

Perdóname.

Un ataque de llanto.
Demasiada presión.
Me recompuse.
No podía perder tiempo.

[señora webb]

Desde la esquina podía ver que todas las luces de la casa estaban apagadas. Me sorprendió: no había noche en que Neil no se durmiera con el televisor encendido. Junior le sacó esa costumbre, a él también le gusta dormir con las luces prendidas, para ahuyentar a los fantasmas, dice.

En el porche me saqué los zapatos. Eché un vistazo a Diego en el living. Por costumbre me di una vuelta por la cocina. Lavé un bol de cereales, platos de la cena, cubiertos. Nunca entenderían cómo lavar una cucharilla podía parecer que no era nada, pero sí lo era cuando se sumaba a las otras cucharillas, los otros vasos, la ropa sucia, los pisos por trapear, los muebles por desempolvar, los baños que se cubrían de grima y olor de orín si se los dejaba quietos, los juguetes que había que poner en su lugar, la cena por preparar, las facturas por pagar. Así se agrietaban las manos, así se partían las espaldas, así se quebraban las voluntades.

Me imaginé haciendo las maletas en un impulso, tomando un bus en Greyhound, dirigiéndome a cualquier lugar en el que no tuviera que planchar una camisa más. ¿Sobrevivirían, Neil y Junior? Volvería en un año y encontraría los platos amontonándose en el lavabo, la tina con un barniz de color negro, los calzoncillos y las medias esparcidos en la alfombra del comedor, las bolsas de Doritos en la sala de la entrada, y un hámster muerto en su jaula. ¿Y ellos? ¿Y ellos?

De nada me había servido ir a jugar al póquer para desahogarme. Me había olvidado de la casa un par de horas, pero apenas pisaba el porche todo se abalanzaba sobre mí.

Laura me vio cuando llegamos de España y se sorprendió. Dónde se había ido la *joie de vivre* de su compañera de estudios. La vida abruma, le dije. Una se deja abrumar por la vida, me dijo. No es fácil, le dije, el matrimonio, la familia, las responsabilidades. Sí lo es, me dijo. Una siempre tiene opciones. Qué ganas de darle un buen golpe. Tan fácil hablar cuando una no tiene hijos, lo suyo es no preocuparse de nada ni de nadie más que de sí misma.

Una cucharilla, dos cucharillas, tres cucharillas, mil cucharillas.

Me molestó que me preguntara si me acordaba de las cosas que me gustaban en la universidad. Claro, le dije. Los impresionistas. El autor de ese curso de Literatura alemana que tomamos, cómo se llamaba. ¿Cuándo había sido la última vez que había ido a un museo? Qué arrogancia, la pregunta. Es que no hay tiempo. No, nunca hay tiempo. Pero le quedaba bien esa chaqueta verde lechuga. No te digo esto por hacerte sentir mal. Sí, ya lo sé, pero. No hay peros. Antes de ir a Rota había vendido todos los libros de mis años universitarios. No los volvería a tocar, y además pesaban tanto, y además mientras menos cajas dejáramos en el depósito, mejor.

¿Cómo se llamaba? De la posguerra, eso sí me acuerdo. La novela era de un niño que no crecía. Yo hubiera querido no crecer.

Junior, tan lindo, tan dulce. Luego crecerá y se volverá como nosotros. Bienvenido, Junior, le diré un día, y lloraré sobre su hombro.

¿Cómo carajos se llamaba?

Subí las gradas tratando de no hacer ruido.

Neil no estaba. Junior se había quedado dormido en el piso de nuestra habitación. Había peluches esparcidos por todas partes.

Suspiré. De nada servía renegar. Me sentí como los locos recluidos en esas celdas de máxima seguridad, que gritan y nadie los escucha, sus palabras rebotan en paredes especiales para amortiguar ruidos. No, mentira. Siempre hay alguien detrás de una ventana para observar a los locos, tomar apuntes, quizás sugerir un cambio en el medicamento, una camisa de fuerza por un par de días.

Terminaría así: con una camisa de fuerza, dos enfermeros subiéndome a rastras a la ambulancia. Un vecino me sacaría una foto.

Llevé a Junior a su cuarto. Me vio con los ojos entrecerrados, me pidió que le leyera un cuento. Ya no tienes seis años, le dije. Por favor, mamá. No insistas, hora de dormir.

Le puse el pijama, lo metí a la cama, le di un beso y dejé la luz encendida, como le gustaba. Ordené los peluches.

En el baño, descubrí una vez más que las cremas ya no podían hacer nada ante el avance de las arrugas en la frente y a los costados de los labios. Me pesé. 162. No debía haber comido ese *mousse*. No debía pesarme de noche.

Los días debían tener treinta horas. Seis horas sólo para mí, para hacer lo que me diera la gana. Debes ser más egoísta con tu tiempo, me dijo Laura. Es que la casa... No hay excusas, me dijo. Los hombres piensan primero en ellos y luego en la esposa, los hijos, la familia. Siempre se guardan tiempo para sus actividades. Tienes que pensar como ellos. No puedes hacer nada que ellos no pueden hacer. Vivimos en otra época, ya se terminó la de nuestras pobres mamás.

Me daba rabia que Laura dijera esas cosas. Me daba más rabia reconocer que tenía razón.

Me puse el camisón rosado y hasta la rodilla que Neil llamaba «antisexy». Ya no me sentía culpable. ¿Y él, qué hacía por llamar mi atención? Estaba cada vez más descuidado, no salía de dos pantalones y dos camisas. La barba desordenada, los zapatos sin lustrar. Un poco más y se convertiría en uno más de esos vagos que caminaban por el centro de Madison pidiendo limosna e insultando a los que pasaban a su lado.

¿Dónde estaría Neil? Había dejado su celular sobre la mesa de su escritorio.

Encendí la computadora. Revisé el historial de sitios que Neil había visitado por la noche. Casi todos pornográficos. Siempre le había fascinado ese mundo, y a mí no me había parecido mal. En España yo le compraba revistas de *Private*. Pero ahora se había convertido en una obsesión.

Se lo diría cuando llegara. Sin amenazas, sin decirle el porno o yo, porque seguro que elegiría el porno, y yo, imbécil, no sería capaz de convertir mis amenazas en realidad.

Era agotador.

[amanda]

Quise que ese partido fuera un homenaje a Jem y Tim. Habría familiares y amigos en las tribunas en las que abundaba el rojo, Madison High jugaría contra Dryden High, un equipo fácil en los papeles, la banda tocaría sus trompetas plañideras y tambores sombríos y nosotras sacaríamos a relucir nuestras mejores rutinas, las que nos habían mantenido como campeonas regionales durante tantos años. Sería un homenaje de todas nosotras, pero sobre todo el mío, privado, personal. Estaba cansada de sentir pena de mí misma. Algún día me iría de Madison, pero no quería que de mí quedara el recuerdo de un espectro que caminaba por los pasillos de la escuela como suspendido entre la vida y la muerte. Estudiaba para el SAT, rogaba que me aceptara una buena universidad muy lejos de *upstate* Nueva York.

Hubiera querido que Tim y Jem vivieran, pero no había sido así y debía habituarme el resto de mi vida. Debía ser como Christine, tan feliz en su papel de chica de pueblo, se casaría con un doctor o un abogado, participaría en las actividades de voluntariado de su iglesia y de la comunidad, un par de veces al año viajaría a Nueva York a comprar zapatos y carteras en Macy's, y varias veces a Syracuse. Ella también estudiaba para el SAT pero no quería ir más allá de un *community college* en Cortland.

Era mentira. Ni se me pasaba por la cabeza ser como mi hermana.

Sí, quería eso. Un homenaje personal, una manera de decir adiós de una vez por todas, de dejar la tragedia atrás y enfrentarme a lo que viniera como otra persona, un ser esperanzador, ya no la novia del muerto o la amante del hermano gemelo del muerto, también muerto. Basta, quería rebelarme de ese papel que llevaba conmigo, aunque nadie supiera en verdad qué era lo que había ocurrido entre Tim y yo. De Jem sabían y ya era más que suficiente para atosigarme.

Eso quería. Pero a Hannah y Yandira se les ocurrió quedarse en Syracuse, tener su fiesta privada, idiotas, aprovechando que los papás de Hannah estaban de viaje. Y no pudimos hacer nada, porque necesitábamos a Yandira para sostener las pirámides y a Hannah para dar volteretas en el aire. Podíamos salir del paso con una que otra rutina incompleta, pero no quisimos. No era justo. Y nos quedamos al lado de la pista, en el frío de la noche de noviembre, esperando con faldas primorosas y pompones inquietos mientras tomábamos sidra de manzana y mascábamos chicle y Amber escuchaba a Arcade Fire en su iPod, y hubo un minuto de silencio y unas palabras de homenaje a Tim y Jem del director Tibbits («ellos eran como mis hijos, y sé que para muchos de ustedes eran como sus hermanos») y de papá («nunca más podré entrenar muchachos de esa categoría»). Y los chicos comenzaron a jugar y luego dijimos quizás lleguen al final del primer *quarter*. Las llamábamos y no contestaban a su celular. ¿Se habrían quedado dormidas? ¿Se habrían emborrachado, preferido no manejar y alojarse en un Days Inn en Syracuse?

Cuando comenzó el segundo *quarter* todo se complicó. Papá nos reunió en un círculo al costado de la cancha; las luces de los reflectores del estadio me daban de lleno a la cara, creaban un aura envolvente sobre las cabezas de mis compañeras de espaldas a los reflectores. Me dije, estamos todos muertos y ellas son unos ángeles a la vera del camino. Me dije, de tiempo en tiempo tengo la deleznable costumbre de creer que nada tiene sentido.

Papá dijo, con su voz rasposa de entrenador firme pero compasivo: me he enterado que los papás de Yandira

Author SLAMP (Mangaka group)
Title Chobits. 3 / Clamp ; traducción,
María Ferrer
Call Number SPA FIC Clamp
Item Barcode 1001090296
Checked Out Date 7/9/2015 2:56:08 PM
Due Date 7/30/2015 9:00:00 PM
Location Grissom Spanish Collection

Author Soldan, Edmundo Paz
Title Los vivos y los muertos / Edmundo
Paz Soldan.
Call Number SPA FIC Soldan, E.
Item Barcode 1001010264
Checked Out Date 7/9/2015 2:56:09 PM
Due Date 7/30/2015 9:00:00 PM
Location Grissom Spanish Collection

Fines begin to accrue 2 days after the due date
Items are Billed 30 days after the due date
Collection Agency action taken 45 days after due date

no saben nada de ella desde la noche anterior, pero, he aquí lo interesante, dicen que hablaron con Yandira anoche y *estaba en casa de Hannah,* le dieron permiso para quedarse a dormir y ella les dijo que de allí se iría directo a la escuela. Asumieron que Yandira estuvo en la escuela todo el día y que la encontrarían al borde de la cancha de fútbol, animando al equipo. Yo siempre digo no hay que asumir nada. No, sobre todo si uno tiene hijas.

Los ángeles adquirieron condición *corpórea,* se volvieron seres terrenales. Se miraron. La molestia, el enojo dejaron paso a la preocupación. Traté de evitar lágrimas de frustración, rabia, impotencia. Hacía un año jamás se me habría ocurrido pensar en lo peor. Ahora me parecía lo más normal.

Nos fuimos a los vestuarios. Hannah y Yandira no vendrían, al menos no esta noche. Al salir, ya cambiadas con nuestros buzos con el oso tonto de Madison High en el pecho —un oso grizzly amistoso, sé que esos osos son asesinos, he visto el documental—, papá nos pidió que nos tranquilizáramos.

La policía ha ido en busca de las chicas a casa de Hannah. Estoy segura que se trata de una falsa alarma.

Me apoyé contra la pared, cerré los ojos. Desde que Jem hizo lo que hizo tres semanas atrás no había podido dormir bien. En las noches Tim y Jem se me aparecían y eran tan reales que hablaba con ellos y me olvidaba que todo era un sueño. A veces los dos me acariciaban y todos éramos de una sustancia esponjosa y nos disolvíamos y al final nadie sabía dónde acababa y dónde terminaba, los tres éramos uno y cada uno éramos los tres.

Quería un porro. Y luego un buen polvo, aunque me había quedado sin candidatos.

Quería algo que no era la escritura. No tenía ganas de pensar, hurgar sentimientos, esas cosas que uno hace cuando escribe de veras. Quería perderme, *sacarme el cuerpo,* irme de mí.

No era un sueño. Se me ocurrió que esto no era un interludio que más temprano que tarde daría paso a la vida normal. Se me ocurrió que la vida sería así de ahora en adelante. Si se trataba de eso, entonces valía la pena vivir los sueños y hacer como si la vida fuera el sueño o la pesadilla.

[webb]

Cavé y cavé.

Tenía la frente y las espaldas mojadas por el sudor.

La noche era fría, pero yo tenía calor.

No pude usar el cuchillo con Hannah.

No podía herir su cuerpo perfecto.

El hueco en el descampado tenía la profundidad suficiente para que un cuerpo se perdiera en él.

No la mataría, no sería yo el que cerrara sus ojos.

Sólo haría que su cuerpo volviera a la tierra de donde todos salíamos.

Polvo habíamos sido y en polvo nos convertiríamos.

I will go down as your lover, your friend.

Give me your lips and with one kiss let's begin...

Ya no me acordaba cómo seguía.

Esa canción estaba en su página en MySpace.

La eché en el hueco con las manos y los pies atados, *duct tape* en la boca.

Puse su oso al lado de ella.

Comencé a apalear tierra sobre ella.

Me miraba con los ojos bien abiertos, como si no me creyera capaz de hacer lo que estaba haciendo.

Le di un beso en los labios, le pedí perdón.

Sus pupilas parecían haberse dilatado.

Entrecerré sus párpados, pero ella volvió a abrirlos.

Por favor, entiéndeme, le dije, cierra los ojos, será mejor para ti.

Nada.

No podía aguantar su mirada.

Le di un golpe en la cabeza con la pala.

Cerró los ojos.

Le toqué el pecho: estaba inconsciente, pero viva.

Dejé que mi mano sintiera por un momento las idas y venidas de su respiración acompasada.

Hacía frío.

Me conté un chiste.

No me pude reír.

Seguí apaleando tierra hasta cubrirlos a ella y al oso por completo.

Me persigné, le volví a pedir que me perdonara.

[daniel]

Mi jefe me llamó muy temprano y me dijo tienes suerte, te encargarás del caso de las *cheerleaders*. Conoces a los papás de una de ellas, ¿no? Podrás sacar una buena entrevista. Al padrastro, le corregí. Da lo mismo, dijo. No, no es lo mismo.

Bajé a la cocina. Los cristales de las ventanas estaban empañados, sería un día gélido. Me preparé un café con Irish Cream, observé a una ardilla haciendo equilibrio en la barda del jardín, a un pájaro carpintero en el *bird feeder* al lado del sauce llorón.

Café con Irish Cream. Ya podía escuchar a Mindy, nada significa nada, uno se está engañando si cree que esas pequeñeces no cuentan, que así no se está violando la promesa de no volver a tocar alcohol. Uno es infiel o no lo es, no hay infidelidad a medias, nada de *sólo la puntita* o *sólo la besé en las mejillas.*

Ah, Mindy, no sabía de la vida real. Se creía gran conocedora del corazón del hombre, pero parecía no saber que las grandes promesas sólo se podían mantener gracias a las pequeñas transgresiones.

Pero eso, lo que yo sabía, no se aplicaba a Alicia.

Hubiera querido perdonarla, aunque me conocía a mí mismo y estaba seguro que no habría podido. Lo peor de todo era que ni siquiera me había dado el chance de intentarlo.

El *Madison Times* de esa mañana tenía como titular: «Ansiosa búsqueda de dos *cheerleaders* de Madison High». En una foto se mostraba al jefe de policía, Tom O'Reilly, en la improvisada conferencia de prensa a la salida de la casa de mi amigo Steven, de donde habían desaparecido su hijastra Hannah y una amiga, Yandira Vásquez. Eran las diez de la noche cuando O'Reilly nos comunicó la noticia de que había indicios de violencia en la casa. Los cables del teléfono habían sido cortados, la cortina de la ducha estaba rota, huellas de sangre en el cuarto de Hannah. O'Reilly pisaba el césped bien cuidado que Beatrice se desvivía en atender. Supuse que esta vez no se enojaría, con tantas cosas más importantes que atender.

Uno podía tener problemas personales, pero la vida continuaba. De nada servía pedir que el mundo dejara de dar vueltas, nadie nos hacía caso. Quizás estaba bien así, el trabajo al menos me distraía, impedía que me dejara consumir por mis preocupaciones.

Atravesé el living, debí eludir las camisas y pantalones tirados en la alfombra desde que los había sacado de la secadora hacía un par de días. Las plantas en los maceteros del porche se habían secado porque me había olvidado regarlas. La casa, sucia, desordenada, se iba convirtiendo en el triste refugio de un hombre separado.

Antes de la medianoche había llamado al celular de Steven. Ya se le había comunicado la noticia. Apenas podía hablar, sus frases eran incoherentes y estaban llenas de la culpa de su ausencia.

No te sientas así, le dije, porque de vez en cuando no queda otra que decir esas frases, ustedes no tienen la culpa.

Qué va a decir su papá, que yo no supe cuidar a su hija. Y Beatrice, decía, y Beatrice... no sé qué va a ser de ella si Hannah no aparece sana y salva. Me ha dicho que no podría vivir.

Tranquilo, Steven, mantén la cabeza fría y cálmala a ella. Todo saldrá bien.

¿Y si no? ¿Y si no?

No hay que pensar en eso todavía.

Quiero llorar. ¿Puedo?

Puedes hacer todo lo que quieras, para eso estamos los amigos.

Me duele el pecho. Siento como que me ahogo. Hannah... Cuando la conocí era una niña a la que le encantaban los juegos de mesa. Clue, Monopolio, sobre todo. Y armaba rompecabezas. Beatrice me contó que armó uno de cien a los cuatro años, de doscientos a los cinco. A los doce uno de cuatro mil. Y quería ser *cheerleader.*

Steven, para que veas cuán tranquilo estoy, mañana temprano compraré un rompecabezas de diez mil piezas para Hannah.

No hay en Madison, los he buscado. Podrías pedirlo por Internet esta noche. *Overnight.* Le encantaría a mi hija. ¿Tú crees que...?

No creo nada, Steven.

Tenemos pasajes reservados para el primer vuelo mañana. Beatrice dice que no quería venir, que yo no debía haberle insistido tanto, pero era nuestro maldito aniversario.

No te pongas así. De nada sirve llorar sobre la leche derramada.

Mi hija no es leche derramada.

Sabes a lo que me refiero.

No, no sé.

Sí, ha debido ser un depravado.

Esa noche no dormí bien. Jugué al billar y al póquer en la red. Quise leer los cuentos de Lovecraft, pero no pasé de las primeras diez páginas de «El horror de Dunwich». En la televisión pasaban *Battlestar Galactica;* ya había visto ese episodio. Number Six se le aparece en la cama a Gaius Baltar, y Gaius, como siempre, duda: ¿es un sueño, es real? ¿Importa? Pensé en el pobre de Steven si no encontrábamos a Hannah: ¿se convertiría ella en su Number Six, una imagen cuya fuerza emocional es tan contundente que su presencia termina siendo más real que la de las personas a su alrededor?

Alicia, ¿sería ella mi Number Six?

Ya casi tres meses, y todavía no me acostumbraba a dormir solo. Dormía en un lado de la cama, como esperando su regreso.

Estaba bien, lo aceptaba: todo lo que parecía permanente era en realidad muy frágil. Todos, en cualquier instante, podíamos descubrir que no estábamos conformes con nuestras vidas, y decidir dar un golpe de timón. Pero ¿por qué Alicia? ¿Por qué yo?

Debíamos haber tenido hijos. Eso la hubiera obligado a quedarse a mi lado.

Una razón algo patética para quedarse, pero no me importaba.

Tomé dos dedos de jerez con la excusa de que me ayudarían a dormir.

Encendí un cigarrillo, recordé las veces en que había visto a Hannah al borde de la cancha de fútbol, tan ágil y tan hermosa, haciendo sus rutinas con una gracia que me recordaba a Ruth, allá en mi adolescencia en Huntsville. Ruth era una de las *cheerleaders* de mi colegio. Era pecosa y tenía el cutis fino, una sureña de raza que decía *y'all* y *fixing to go* con el acento cerrado pero elegante de las viejas familias de la ciudad. Era amable con todos pero sólo salía con los del equipo de hockey. Fue mi primer *crush* y así quedé: *crushed*.

A la mañana siguiente fui a la estación de policía después de hablar con mi jefe. Pensé que Scanlon me ayudaría. A Scanlon le gustaba hablar, reconocerse en mis notas cuando leía «fuentes confidenciales...».

Pero ésa no era una mañana normal. Los policías entraban y salían de la estación al lado del puente desvencijado. Reconocí a algunos periodistas de Syracuse y a un corresponsal de la estación regional de NBC. Debía luchar para conseguir alguna primicia.

Un auto de policía se detuvo en el garaje en la parte trasera de la estación. Era Joe Hernández: un puertorriqueño macizo que soñaba con jubilarse y volver a vivir en su isla. Solíamos jugar al póquer años atrás, hasta que un día perdió tanto dinero en un casino en Connecticut que juró no tocar una carta más en su vida. Varias veces me había descrito un lugar tan idílico, de playas de arena blanca y aguas transparentes, de vecinos que no cerraban la puerta de su casa con llave al irse a dormir, que yo pensaba que ese lugar era una exagerada invención de la nostalgia. Quiero morirme allí, me había dicho, para que así mi fantasma descanse tranquilo.

Los fantasmas nunca están tranquilos, había pensado. Por eso es que son fantasmas.

Lo abordé mientras descendía. Hola, Joe. ¿Sin novedades en el frente? Me froté las manos, observé con envidia los guantes de cuero de Joe.

Las hay, dijo, y no son buenas. Nada buenas.

Te agradeceré si me das una mano, le dije. Éste es un caso local, sería una vergüenza si alguien de la comunidad no informa de esto antes que uno de fuera.

Una mueca de furia apareció en el rostro de Hernández. Era uno de esos policías a los que les costaba distanciarse de las cosas que veían en su trabajo, se lo tomaba todo personalmente. La vez que Joyce Sayles había desaparecido, no durmió durante setenta y dos horas hasta que se encontró el cuerpo tirado en un bosquecillo en las afueras de la ciudad.

Acercó su boca a mi oído, susurró: esto huele mal, muy mal. Hemos encontrado el auto en la playa de estacionamiento de una licorería cerca del Triángulo. Había sangre en el maletero.

¿Entonces qué...?, pregunté.

Esto ya no es sólo una violación, dijo. Si las chicas no están... muertas, entonces están por ahí, prisioneras de un hijo de puta. Algún día se pudrirá en el infierno.

Le pregunté si había sospechosos. Me pidió disculpas, no podía decir nada. Su silencio me dijo que sí, había sospechosos. Pero ¿quién? ¿Quiénes?

Antes de irse, me dijo: no quiero ser indiscreto, pero me contaron lo que te ocurrió. Lo lamento mucho.

Yo soy el periodista, respondí, riendo. Luego, algo incómodo: recibí una postal de la India. Parece que va a entrar a un *ashram*. Es mi culpa. Yo fui el que le regalé el libro de ese yogi.

Tranquilo que todo pasa, me palmeó la espalda. Y ya sabes, cuando te sientas solo, es cuestión de que me llames. Siempre podemos poner un plato extra para la cena.

Se lo agradecí. Me tentó desahogarme, contarle que también había, por ahí, un profesor de yoga al que ella había conocido en unas clases organizadas por el YMCA. Era él quien le había hecho ver «los vacíos» que había en nuestra relación. «Una vez que te das cuenta de los vacíos, ya no puedes volver a lo de antes.» Tanta filosofía *new age* para justificar una simple atracción carnal. Seguro pensaba en «vacíos» mientras él se la metía por atrás, todas esas tardes en que me decía que estaba yendo al YMCA cuando en realidad iba a la casa del profesor.

Me mordí los labios.

[junior]

Vinieron unos policías a hablar con mis papás. Sus uniformes eran muy azules y tenían las botas sucias, como si hubieran estado jugando al fútbol. Se sentaron en la cocina, los escuchamos hacer muchas preguntas mientras mamá les servía café y tostadas. Diego dormía, Tommy y yo estábamos en pijama y, tirados en el sofá, veíamos *Avatar,* la serie favorita de Tommy. A él le gustaba Aang, a mí Momo. Yo agarraba uno de mis perros de peluche, Spot, estaba frío, no debía haber dormido bien cubierto. *¡Guerra de peluches otra vez!* No, Tommy, por favor, no me metas en más líos. Uno de los policías se acercó y se sentó entre Tommy y yo. Me preguntó qué estaba viendo. Se lo dije. Interesante, dijo. Ése es un bisonte con alas, dije. Interesante, volvió a decir. No todo es interesante, le dije. Atrevido, dijo, tocándome la cabeza. No me toque, le dije con brusquedad. Lo siento, dijo. Tenía una taza de café en la mano, sus botas estaban ensuciando la alfombra, mamá se molestaría. Su placa en el pecho era brillante, le pregunté si me la podía regalar. Sólo si me muestras algo, dijo. ¿Qué podría ser? Lo que tú quieras, dijo, algo que valga la pena. Le puedo contar cuentos del Abuelo. ¿Quién es el Abuelo? Un señor que castiga a los niños y a las niñas que se portan bien. ¿Es alguien conocido? Sí y no. A ver, cuéntame un cuento. Le conté de una niña que hizo todas las tareas y luego vino el Abuelo y la encerró en un sótano y le pinchaba la piel con un palo a través de un agujero y la niña lloraba y se desangraba. Qué imaginación que tienes, niño, dijo, moviendo la cabeza de un lado a otro. Me levanté y le dije que me siguiera. Fuimos al segundo piso, al despacho de papá. Tommy estaba detrás de nosotros. Abrí el cajón inferior, donde guardaba las máscaras, y se las mostré. El policía se puso guantes y las revisó una por una. Luego cerró el cajón y me agradeció. Un trato es un trato, dije. Quiero la placa. Lo siento, niño, te la tendré que deber. A Tommy le hubiera gustado patearlo. No le gustan los que no saben cumplir promesas, como papá. Cuando se iba el policía, le lanzó una maldición. Que en vez de un hijo tuviera un demonio, que poco a poco, sin darse cuenta, sus huesos se hicieran polvo hasta que no quedara de él más que una silueta perdida bajo la nieve en las calles de Madison.

[señora webb]

Los policías tienen buenos modales, han aceptado las tazas de café que les he ofrecido, las tostadas con jalea de frambuesa. Les dije que podía hacerles un batido de plátano y frutilla pero dijeron no, era un abuso de confianza. No insistí. Uno se llama Lloyd, el otro Chang. Parecen viejos amigos por la forma en que se dirigen a Neil, compañeros de trabajo que, después de un día de pesca, se han detenido a comer algo ligero en la casa de uno de ellos antes de volver a sus familias. Uno es robusto, hace bromas y pestañea mucho. El otro es algo más inquieto, se sienta y se levanta, observa las fotos en el refrigerador, las anotaciones en el calendario. Sus pistolas descansan en las cartucheras en las cinturas y me ponen nerviosa.

Así que España, dice uno de ellos. Me encantaría ir.

No hay mejor país, dice Neil. Sobre todo el sur. Playas espectaculares, y tanto sol...

Una vez comí paella. Y las tapas de ese restaurante en el centro...

Es pésimo, dice Neil. El gazpacho parece salsa. Y la tortilla la hacen como si fuera omelet.

En la cocina les doy la espalda y trato de no intervenir. Pero escucho. Tiene que ver con Hannah y una de sus amigas y preguntan si hemos visto algo extraño o sospechoso en las últimas semanas. No, nada. Hannah parecía la misma de siempre, una jovencita muy segura de sí misma y que a la vez no sabía del todo lo linda que era. Aunque quizás sí lo sabía, esas minifaldas tan minis, esos jeans tan apretados que se llevan sin cinturón y son tan caídos que dejan ver la ropa interior, Neil me dijo una vez que era un descaro, si fuera su papá no la dejaría salir así a la calle. Pero no era sólo ella, eran todas sus amigas, la juventud de hoy. Me saludaba siempre y bromeaba con Junior, iba con su Cowboy de aquí para allá. Tan dedicada a sus prácticas que una vez le pregunté si se iba a dedicar a *cheerleading* como una profesión. Era una broma, pero creo que no le gustó. Me dijo, ¿por qué no?, con un tono agresivo.

Había notado que Neil posaba los ojos en el suelo y evitaba la mirada de los policías. Está nervioso, me dije, la situación, es natural. Ése es mi problema, siempre he confiado en Neil, incluso cuando todo me decía que no lo hiciera, como en Rota.

Chang preguntó por qué habíamos decidido volver tan de repente de España, si nos gustaba tanto. Seguro sabía la respuesta y sólo quería poner incómodo a Neil.

Decidí dejar la Fuerza Aérea, dijo Neil. Me cansó esa forma de vida. Unos años en Alemania, luego España, luego quién sabe. Quería un lugar estable para mi hijo, un lugar donde echar raíces.

¿Dejó la Fuerza Aérea, o lo forzaron a dejarla?

Fue un acuerdo, dijo Neil, incómodo. Yo ya no hacía las cosas con la chispa, las ganas de antes. Mis superiores sugirieron que pidiera una licencia. Decidí que tenían razón, que era mejor cortar a tiempo que seguir con algo si yo no estaba contento del todo.

Y se vinieron aquí.

Para estar cerca de mi papá. Porque, la verdad sea dicha, este pueblo es un *pit*. Nublado creo que doscientos días al año. Así cualquiera se vuelve loco. A mí no me molesta el frío, después de todo hay calefacción, lo que sí me deprime es la falta de luz.

En eso le doy la razón, dijo Lloyd, solemne. Está probado que la falta de rayos ultravioletas afecta al estado de ánimo de la gente.

Pero usted vivió aquí toda su infancia y juventud, dijo Chang. Sabía cómo era.

Sabía pero no lo sabía. La nostalgia y sus trampas. Pero mejor no me quejo, estoy cerca de papá y eso es bueno. Una vez que consiga trabajo todo será más fácil. ¿Necesitan algo más, señores?

Lloyd se levantó, miró con detenimiento el calendario en la pared, los meses con los jack russell cachorros que fascinaban a Junior. Lo siento, hijito, no podemos tener un perro en la casa, va a destrozar la alfombra, Diego es más que suficiente. ¿De dónde salió ese nombre? Ah, sí, hámster Diego, el personaje principal de uno de sus libros favoritos en Rota. Neil se lo había comprado, le decía no cuando Junior quería juguetes pero le compraba todo lo que tenía que ver con cosas educativas. Estaba entusiasmado, Junior aprenderá español, será un niño bilingüe. Y Junior, vivísimo, le decía papá, ese libro con *stickers* de dinosaurios es educativo, ¿no? Y Neil, ¿cómo se dice *sticker* en español? Pegatinas. Muy bien. Y Junior se ganaba un libro para colorear y pegatinas.

Lloyd se acercó al refrigerador, observó el menú para llevar de Pancho Villa's, las postales de España que había coleccionado antes de irme —casi todas de Andalucía: la Sevilla majestuosa, la conmovedora decadencia de Cádiz y las playas de Huelva—, la foto de Junior y su papá jugando en un parque en Costa Ballena, la de Neil en uniforme militar, orgulloso, los botones de la camisa relucientes como si acabaran de ser lustrados con una de esas cremas que utilizan los joyeros para hacer que los anillos y los collares vuelvan a brillar.

No se me había ocurrido sospechar nada malo hasta que le preguntaron a Neil qué había hecho en la noche. Acostó a Junior, hasta ahí muy bien, vio algo de televisión, se aburrió, hasta ahí muy bien, se levantó y navegó un rato por Internet, leyó las noticias en Fox...

¿Fox? ¿Por qué lo decía? ¿Acaso no sabía que los policías podían descubrir en pocos minutos qué sitios había visitado? Y luego había vuelto a la cama, a esperar mi llegada. Yo había llegado y él ya estaba dormido. ¿No es así, cariño?

Asentí. No quería decir nada, incriminarle con mis palabras. ¿Por qué no les decía, como me lo había dicho a mí, que no podía dormir y decidió salir a caminar, darse una vuelta por el vecindario? Una vuelta muy larga, había tardado tanto, como hasta las cuatro de la mañana. Yo había llegado en ese ínterin. Apenas Neil regresó entró a ducharse, quería refrescarse en una noche que no era caliente. No quiso que lo viera, se dirigió al baño sin encender la luz. Luego de la ducha bajó en shorts y camiseta; lo escuché caminar una media hora de aquí para allá. Vino a la cama y tardó en dormirse. Daba vueltas de un lado a otro y no quiso que lo tocara. A mí algo me recordó a una de esas noches de los problemas en Rota. Pero fue sólo un segundo. No quise pensar más. No me gusta pensar más.

Por la mañana, me llamó la atención no encontrar en el baño la ropa sucia de Neil.

El policía inquieto había desaparecido. Lloyd parecía haberse dado cuenta del nerviosismo de Neil. Me espanté: ¿podía ser que...?

Traté de mirar a Neil sin que Lloyd se diera cuenta, de encontrar en sus ojos algo que desmintiera mis sospechas. No quería mirarme.

Hice un esfuerzo por salirme de mí misma, por mirarlo como lo vería Lloyd. Pensé en su padre en la cárcel y en las razones para la prisión, en los archivos del Ejército y en todo lo que dirían del paso de Neil por Rota, en las mentiras que acababa de escuchar...

Le dije a Lloyd que sabía algo que le podía interesar.

Qué, me dijo, mirándome con fijeza, como haciendo un esfuerzo por no pestañear.

En la otra casa al lado de la de Hannah vive un chico con arresto domiciliario. Aaron. Es bien musculoso, se la pasa haciendo pesas. A mí siempre me ha dado un poco de miedo. No quiero insinuar nada...

Lloyd me agradeció el dato y me dijo que ya lo sabían, aunque en realidad sus problemas eran otros, nunca nada violento. Me dijo que sus compañeros estaban interrogando a los otros vecinos.

Chang volvió con Junior. Lloyd le dijo que era hora de irse. Se despidieron, le dijeron a Neil que con seguridad volverían a importunarlo, que por favor los mantuviera al tanto de sus pasos.

Neil los acompañó a la puerta. Yo levanté la mesa en la cocina, guardé la azucarera, lavé las tazas y los platillos.

Cuando volvió, le pregunté si él le había hecho algo a Hannah.

¡Estás loca, cómo se te ocurre!

Las palabras decían una cosa y sus manos inquietas y ojos escurridizos otra. Pese a todo, lo conocía. Siempre lo había conocido. Otra cosa era que no había querido aceptar la verdad.

Ahora era yo la que me había quedado sin coartadas. Rompí un platillo y fui corriendo a mi habitación. Cerré la puerta con llave y me puse a llorar.

[daniel]

Estaba en mi despacho en el *Madison Times,* periódicos y revistas apiladas en la mesa, Alicia abrazándome en la pantalla de la computadora, en los días felices de la luna de miel en Santo Domingo. Había intentado cambiar esa foto varias veces, reemplazarla por un paisaje más neutral, pero al final la sonrisa espontánea de Alicia —los dientes tan alineados y blancos—, la cabellera pelirroja de corte casi al ras, al estilo de una joven Mia Farrow, y los ojos celestes tan abiertos, tan puros en su franqueza, terminaban ganándome.

Alicia... ¿Se habría ido de un impulso? ¿O habría estado planeando su huida meses y meses?

Habría cosas de las que jamás me enteraría. Eso era lo peor, vivir en el desconocimiento de lo que había pasado por su mente, de lo que le había ocurrido en esos meses previos a la separación, cuando parecíamos una pareja normal más y nada hacía avizorar un pronto destino de vasos rotos y madrugadas en las que ella, o yo, no sabíamos qué hacer con nosotros mismos, y uno de los dos se vestía y salía en el Nissan a dar vueltas por las calles desiertas de Madison. Es cierto que no hay nada tan intenso como los días deslumbrantes del enamoramiento, pero, para marcarte la piel de verdad, nada se compara a asistir al abrupto desmoronarse de un amor.

Debió haber sido gradual. Chris Rock dice que si una pareja se divorcia después de diez años juntos, se ha estado separando desde hace cinco. Alicia nunca aceptó que tomara tanto. Qué ganas de perder la conciencia, me decía, de qué estás escapando. Del invierno, le decía.

Del hecho de que no hay nada que hacer en este pueblo. Debí haberme quedado en Atlanta. Más me valía ser un periodista de cuarta en una gran ciudad que haber aceptado este trabajo. Eso no es excusa, me decía, si quieres que nos vayamos lo hacemos y ya. No es tan fácil, primero me tiene que salir un trabajo decente en otra parte. Y hay muchos periodistas más jóvenes y mejor preparados que yo. Entonces tienes que hacer las paces con Madison, si no, vas a ser un tipo infeliz.

Sí, lo reconocía: era muy difícil vivir en un lugar con la cabeza puesta en otro. Así jamás iba a echar raíces y tener un hogar sólido con Alicia. Ah, las escenas de celos que le hacía en las fiestas, apenas se me subía el whisky a la cabeza. Tan posesivo, tan intolerante. La vez que, al llegar a casa después de una noche en que habíamos ido a un bar con amigos de su trabajo en el bufete de abogados —ella era una de las asistentes principales—, la acusé de estar coqueteando con uno de ellos y le di una bofetada que le dejó una marca roja en la mejilla por un par de días. Sí, ése fue el principio del fin. De nada valieron mis disculpas. A partir de ese momento, todo era cuestión de tiempo.

Sonó mi celular. Le había pedido a Hernández que me llamara apenas supiera algo. No pensé que lo haría, pero lo hizo.

Hernández me dijo que no se lo dijera a nadie todavía, ni siquiera a mi jefe, pero que estuviera preparado, pronto, durante los siguientes minutos, habría un arresto. Estaban consiguiendo un permiso para buscar pruebas en un par de casas. Le pedí que me dijera algo más, que confiara en mí. Hubo un silencio en la línea, el silencio de su voz, porque podía escuchar los aullidos de un perro, quizás un san bernardo, y luego Hernández dijo algo así como, es todo tan fácil, primer crimen importante en este pueblo y no puedo creer que todo sea tan fácil.

Dime qué, le dije.

Todos los casos deberían ser como éste, con asesinos incompetentes.

De hecho, dije, la gran mayoría de los crímenes se resuelve gracias a la incompetencia de los criminales.

Igual, dijo. Creí que nos costaría mucho agarrarlo, que habría que llamar al FBI, esas cosas.

De por ahí el asesino no quería ser asesino, dije. De por ahí lo ganó un impulso y no tenía nada planeado.

Debe ser, dijo Hernández, y carraspeó. Luego de una pausa: lo que ha hecho... ¿Cómo puede haber gente así? Y yo que creía que lo había visto todo. Pero no. Siempre hay algo más.

Verdad, me dije. Ayer había visto un caso en *Headline News,* de un hombre y su padre que habían violado y matado a un niño en un *trailer park,* mientras la madre del hombre, la esposa del padre, los veía y se masturbaba. Los tres serían juzgados por asesinato. Había ocurrido en Georgia.

Lo cierto es que desde el primer momento el vecino...

Webb, dije.

El mismo. El hijo de puta de Webb. Fue un sospechoso desde el comienzo. Antes de hablar con él ya sabíamos que su padre estaba en la cárcel por haber violado a varias niñas. Y que lo habían expulsado de la Fuerza Aérea por atacar a dos mujeres en España. Fuimos a entrevistarlo y no podía con el nerviosismo. Su pobre esposa. Pero no es pobre, es una idiota por no leer las señales a tiempo. Mintió de una manera tan burda, como si no supiera que nos sería muy fácil descubrir sus mentiras.

Todo eso es evidencia circunstancial, dije, cuáles son las pruebas.

Espera, espera... Déjame terminar. Revisamos el *caché* de su computadora. Había borrado el historial, pero fue fácil recuperarlo. Visitas al sitio de Hannah en MySpace, mensajes provocativos utilizando un seudónimo.

Un asco, el tipo desde hace rato que le tenía hambre a la chiquilla... No lo voy a entender. Me encuentro con estos casos y no, no los puedo entender.

Quizás sea mejor así.

Mejor qué.

Que no los entiendas.

Igual.

Con todo, mandar mensajes obscenos no es suficiente.

Fuimos a hablar con la hermana. Nos dijo que no sabía nada, pero que no le extrañaría, su hermano era tan raro. Nos sugirió revisar la granja abandonada de su padre, su hermano estaba supuestamente a cargo de mantenerla desde que volvió, no la limpiaba ni hacía nada pero se pasaba horas allí.

Eso suena más prometedor.

Fuimos. No nos costó nada encontrar pruebas contundentes para incriminarlo.

Como qué.

Créeme, no hay ninguna duda de que las chicas fueron violadas en la casa. Y luego...

Hernández era un hombre duro y de pronto su voz parecía ganada por la emoción.

Luego qué. No me dejes así, ya comenzaste.

Esto es confidencial. No puedes revelarlo hasta recibir mi autorización. Me meterías en un lío.

Dale.

El hijo de puta enterró a una de ellas en el jardín. No hay rastros de violencia y parece haber muerto asfixiada, lo que indica...

Qué.

Que la enterró viva. Con su oso de peluche, ¿lo puedes creer? Es un monstruo y nosotros unos pobres policías que corremos detrás de los monstruos. Pero los monstruos siempre ganan. Agarramos a uno, aparecen otros. Cada vez más creativos.

Pensé en las palabras de Hernández, me imaginé una película clase B, una mezcla de horror y ciencia ficción. Monstruos que perseguían a la gente y al tocarla la convertían en fantasmas.

¿Quién... quién era la que fue enterrada en vida? Hannah.

¿Y la otra?

El hijo de puta tiró el cuerpo a la fogata que había encendido en el jardín y luego se arrepintió. Quizás le dio miedo el olor.

Y...

Apagó el fuego y descuartizó el cuerpo.

Cerré los ojos, como tratando de no ver lo que Hernández me contaba. Pero ya era imposible escapar, sus palabras ya habían construido imágenes que se quedarían conmigo, ojos abiertos o no. Hacía frío, sentí que se me congelaba la sangre, y eso que la calefacción de la casa me protegía del invierno instalado en las calles, en los parques, en el pueblo.

Luego, continuó, al volver a Madison, fue tirando pedazos del cuerpo por la ventana del auto. Hemos encontrado un brazo, una pierna al borde del camino. Es que, ¿cómo puede ser posible? ¿Cómo puede haber gente así?

Hernández había visto muchas cosas en sus años de policía; varias veces, mientras jugábamos al póquer, le escuché decir que ya nada le sorprendía de lo que hacían los hombres. Casos como éste le hacían ver que se trataba de una exageración. Estaba bien que fuera así: el comercio diario con la depravación no debía insensibilizarnos ante el descubrimiento de abismos más allá de los abismos.

Como un rompecabezas, dije. Los pedazos.

Sí, cuestión de buscar. Pronto encontraremos el resto.

¿Y quién se lo dirá a los papás?

Pondremos nuestros nombres en un sombrero. El que saque su nombre perderá. La verdad, no sé.

¿Y si te toca?

No me tocará. Haré trampa. Cualquier cosa con tal de que no me toque. Hasta capaz de renunciar.

Traté de imaginar a Hannah como la había visto la última vez, tan llena de esa luminosidad interior de las *cheerleaders*. No pude.

Debía hablar con mi jefe, decirle que me sería imposible entrevistar a Steven.

minutos, los días, las horas seguirán avanzando y el ser amado *ya no estará más.*

Ha nevado toda la noche y ahora hay un paréntesis. Nuestras pisadas se hunden en esa blanca esponja que cubre al pueblo, las calles y los techos y los árboles asomándose apenas por entre ese manto que invita a dormir. Nosotras, las de la familia —porque ahora somos una familia, con sus pérdidas y duelos que la completan—, estamos juntas, apiñadas como protegiéndonos de cualquier ataque, tocándonos, abrazándonos. Casi todas tenemos el rímel corrido, la expresión de que todavía no se ha podido comprender lo ocurrido, quizás esto sea para siempre *incomprensible.*

Se amontonan los osos de peluche y los ramos de rosas sobre las tumbas de Hannah y Yandira, una al lado de otra en el promontorio rodeado por una amplia planicie, como un claro en el bosque exuberante en vegetación. Puedo imaginarlo: aquí, en el futuro, vendrán las adolescentes rebeldes a llorar sus penas, y se encontrarán los enamorados furtivos a prometerse amor eterno. El mundillo joven de Madison no ha tenido oportunidades para construir su mitología. Ha vivido precariamente el momento, soñando con un James Dean capaz de rescatarlo, perdiéndose en videojuegos para oligofrénicos, *reality shows* imbéciles y MTV. Ahora sí: Hannah y Yandira, las chiquillas valientes que lucharon contra su agresor y murieron defendiendo su pureza. Eso ya se puede ver en las páginas conmemorativas que han aparecido en su honor en MySpace y Facebook (los rituales del duelo en la red, los blogs de asesinos y suicidas: Internet y su compañía constante). Porque fue así. Mis amigas. Mis compañeras. Nos harán tanta falta. Ya se siente su ausencia. Ya nada es lo mismo sin ellas.

El reverendo Block habló con su voz de fumador irredento y me conmovió por primera vez. Dijo algo sobre cómo el Reino del Señor siempre está preparado para

[amanda]

El cielo opresivo de Madison sólo es ｜
para los funerales amargos en cementerios con
semienterradas en la nieve. Las nubes color ca
amontonan y empujan entre sí como niños en
de un kinder a la hora del recreo. Quiero ser fue
a serlo. Me niego a que se asomen las lágrimas
aquello que saben hacer: resumir mejor que nada la
la angustia, la desesperación.

Ha venido mucha gente al entierro de H
Yandira. Están casi todos los chicos de Madiso
los profesores (la señora Hornbeck, de AP en
lleva unos guantes de un rojo tan intenso que sus
parecen ensangrentadas; Miss Bedford-López, de
se aferra a su esposo como si él se le fuera a esc
cualquier instante; E. J., de Educación Física, ha
con una irrespetuosa sudadera de Cornell, c
hubiera despertado hace algunos minutos y no
tenido tiempo para vestirse con ropas más sole
las secretarias (Kathy tiene la mitad de la cara pa
desde hace seis meses y se suena la nariz con un p
tan grande como un mantel). Es un martes frío y v
más desolado aún gracias a las trompetas de la
del colegio, incesantes en sus acordes lastimeros.
altos y despelechados nos vigilan desde los cos
centinelas incólumes que han visto hasta el cansa
viudas nerviosas a punto de tirarse sobre el féretro,
que quieren meterse los dedos a los ojos antes d
adiós a sus hijos muertos, amantes de mejillas hú
que todavía no se resignan al hecho feroz de q

recibirnos, pero que nunca del todo cuando se trata de un alma que no ha recorrido mucho camino. Los niños que se mueren, los jóvenes que encuentran el fin, le duelen más a Dios que aquellas almas que terminan su camino de manera natural, dejan este mundo porque los huesos se les han pulverizado, los corazones se han cansado de funcionar, las células se han corrompido.

Mi hermana tuvo un ataque histérico de llanto y me dije que habíamos terminado de perderla para este mundo. Calma, niña mía, escuché que mamá le susurraba. A Christine le habían gustado desde niña esas parábolas bíblicas de *Sunday School*. Con los años, esas leyendas se convirtieron en las únicas verdades dignas de ser tomadas en cuenta. No podía dar un paso, limpiar las hojas otoñales del jardín, sacar con vida a la calle a una araña venenosa encontrada en la cocina, sin pensar que todo ello formaba parte de un plan premeditado por Aquel Que Todo Lo Sabe. Incluso sus pesadillas constantes, esas en que se veía cayendo al vacío desde un puente o tropezando en un agujero que se abría en los pasillos del colegio para devorarla, le servían para hacerle recuerdo obstinado de que debía dar a Dios más de lo que ya le había dado. Su vida. Y los hombres no cesaban de mirarla, acaso conmovidos por su belleza o el saber que no podrían tocarla jamás —se había entregado a Otro— o ambas cosas.

El Enterrador —nuestro compañero de colegio, no el de verdad— se acercó a consolar a mi hermana. La abrazó. Christine lo dejó, incluso se apoyó en su hombro. Una escena a la que no estaba acostumbrada, mi hermana tan reacia al contacto de las pieles. Supuse que el momento lo justificaba.

Hubo muchos discursos. El de papá fue corto pero quizás el más sentido: armó con varias escenas de travesuras constantes en nuestros viajes —la vez que Hannah escondió los uniformes en Rochester, o cuando Yandira le puso tabasco a la salsa del espagueti en un restaurante

en Búfalo— una suerte de *En el camino* para *cheerleaders*.
El de Tibbits fue monótono e interminable: imposible
rescatar una frase de esos párrafos más duros que el
estuco. Los papás de Yandira recordaron, *inconsolables*
en su tristeza, a su niña corriendo en pañales por la casa,
cayéndose de un triciclo, pronunciando su primera palabra en español («chicle»). La mamá de Hannah dijo tres
palabras y luego el llanto le impidió continuar. Los compañeros de curso dijeron una genuina sarta de lugares
comunes. A alguien se le ocurrió mencionar a Jem y a Tim
y concluir que una maldición había caído sobre Madison
High y sobre el pueblo. «Estamos viviendo en una novela
de Stephen King.» No, las muertes en las novelas de King,
incluso las más macabras, siempre forman parte de una
trama con sentido. «Cuatro muertes jóvenes en tan poco
tiempo, eso tiene que significar algo.» Sí, significa cuatro muertes jóvenes en poco tiempo. Las estadísticas, el
cálculo de probabilidades no están a favor de lo ocurrido,
pero tampoco lo ven como una imposibilidad.

Mientras tratábamos de estar en silencio, escuchando los discursos, imaginábamos el cuerpo deshecho
e incompleto de Yandira en el ataúd —el torso no había
sido encontrado, tampoco una de las piernas—, los minutos finales de Hannah enterrada en vida, y se nos cruzaban
pensamientos nada cristianos con respecto al señor Webb.
El vecino de Hannah había sido arrestado; no había con-
fesado, pero todas las pruebas apuntaban en su contra. No
faltaban las que decían que siempre les había parecido
alguien sospechoso, un tipo extraño, por la manera luju-
riosa en que nos miraba. Lo cierto era que yo había visto
tipos más extraños cuando iba por el Triángulo. Parecía,
más bien, un ser normal, uno de esos hombres frustrados
entre los cuarenta y los cincuenta, atrapado en un matrimonio infeliz, sin trabajo y sintiendo las primeras punzadas
de que la época de la inmortalidad había quedado atrás y
ahora, en cualquier momento, podía llegar el fin. Asustaba

más pensar que era un ser normal. Quizás lo era, pero ya no uno más.

Todo terminó con las canciones favoritas de Hannah y Yandira, las que no se cansaban de escuchar en nuestros viajes en bus cuando había un partido en Syracuse o Albany. *Wake Me Up When September Ends* (Green Day) y *I Miss You* (Blink 182). Alguien colocó una radio sobre el féretro de Hannah y la encendió; cuando escuchamos los primeros acordes, algunas chicas del equipo se pusieron a llorar de nuevo. Cantamos todas juntas; hubo también risas, debíamos despedirnos bien. Así, de pronto, sin que nadie lo planeara, un par de canciones se transformaban en himnos.

Hello there the angel from my nightmare / The shadow in background of the morgue / The unsuspecting victim of darkness in the valley / We can live like Jack and Sally if we want / Where you can always find me / And we'll have Halloween on Christmas / And in the night we'll wish this never ends / We'll wish this never ends / Where are you and I'm so sorry / I cannot sleep I cannot dream tonight / I need somebody and always / This sick strange darkness comes creeping on so haunting everytime / And as I stared I counted the webs from all the spiders catching things and eating their insides / Like indecision to call you / And hear your voice of treason / Will you come home and stop this pain tonight / Stop this pain tonight.

Sólo faltaba que lloviera. Pero no llovió.

[junior]

Tommy y yo jugamos con una pelota de tenis mientras mamá habla con papá. Él está sentado detrás de un mostrador y un vidrio que lo separa de nosotros, dice cosas que parecen importantes y nosotros apenas lo escuchamos. Mamá tiene un pañuelo en la mano, está lagrimeando, no ha parado de llorar desde hace días, ¿no se cansará? La pelota es amarilla y tiene manchas como si padeciera de sarampión. Tommy la tira hacia la pared blanca; trato de agarrar el rebote, a veces no puedo y la pelota brinca de un lado a otro, se detiene a los pies de mamá, los zapatos negros, planos, con algo de nieve en los bordes. Me arrastro por el suelo, entre los asientos, y ella dice con voz susurrante, llevándose un dedo a los labios, por favor, no hagas ruido, está bien mamá. Volvemos a jugar y escuchamos palabras sueltas, una frase de papá que se repite, yo no fui, tienes que creerme, mamá también dice algo, *genética*. Tommy me mira y sonríe y pregunta, y tú le crees, claro que sí, entonces quién fue, me dice, quién qué, nuestra vecina, Hannah, y su amiga, alguien las mató y todo el mundo dice que fue papá, sí, lo sé, pero no creo, y por qué no, porque papá dice que no. Tommy se ríe y no puede parar. No es suficiente, me dice. ¿Será que no? Hannah se detenía en la acera a charlar con nosotros. Su hermano no, pero ella sí. No podemos hablar mucho de él, lo conocimos poco, al rato se fue a la universidad. Hannah nos preguntaba si queríamos jugar al *soccer*, a ella le encantaba, y decíamos que sí y luego íbamos corriendo a su jardín, donde había un arco en el pasto, entre las hierbas. Ella se ofrecía de arquera y nosotros pateábamos penales. Cowboy ladraba y correteaba tras la pelota. Diez penales por cabeza, a ver quién metía más goles. Se lo tomaba en serio, se tiraba a la derecha y a la izquierda, no le importaba estar con minifalda; su pelo rubio le golpeaba la cara y ella no se daba cuenta o al menos parecía no molestarle, terminaba con las rodillas verdes y rasmilladas. Después nos invitaba a su cocina y nos daba un refresco y a veces incluso preparaba un sándwich de pavo o jamón. Nos preguntaba qué queríamos ser cuando fuéramos grandes, no sé, quizás bombero, quizás guitarrista, y ella nos tocaba la cabeza con ternura y decía que a nuestra edad había querido ser astronauta pero que eso cambiaba, cada año era algo diferente hasta que al final uno ya no sabía lo que quería ser. Es como si hubiéramos agotado todas las opciones, al menos las más importantes, y de pronto ya no hay nada y hay que elegir algo muy serio, si no tus papás se enojan. Yo le decía que no cambiaría, sería bombero y punto, y Tommy quería ser luchador de lucha libre, ah, eso me gusta, decía Hannah con las manos en la cintura, y quién vas a ser, me miraba, y Tommy no sé, papá tiene muchas máscaras, escogeré una y seré feliz. Tommy me mira y dice he escuchado que papá les hizo cosas a las dos y luego a una la quemó y la cortó con un cuchillo como si fuera un pollo y tiró los pedazos por la ventana de su auto. Y a la otra... y a la otra... No puedo ni decirlo, se me ponen los pelos de punta. ¡Mentira!, grito, pero Tommy no se calla, ¡verdad, verdad! *Como si fuera un pollo...* Y yo tiro la pelota con furia a la pared y aparece un policía grueso con la cabeza cuadrada y un revólver en la cintura y me pide que por favor ya no siga, pintaron la pared hace apenas una semana, por eso está bien blanca y ahora la estamos ensuciando. Lo dice con delicadeza, y Tommy se ríe pero yo bajo la cabeza y pido disculpas y agarro la pelota antes de que me la quite y me pongo a llorar, *maricón,* me grita Tommy y yo lo quiero golpear, *maricón,* me tiro encima de él y él me esquiva y me golpeo contra el suelo y mamá se levanta y grita, qué te pasa hijito, ya basta. Debí haber traído el Game Boy, me hubiera evitado problemas. El policía le dice a mamá que ya es hora y ella le dice si es posible cinco minutos más. El policía mira su reloj y se va murmurando. ¿Para qué quiere cinco minutos? ¿Qué le puede decir en ese tiempo? Lo peor de todo es que mamá dejará pasar los segundos en silencio, dice Tommy, lo mirará como armando una frase pero no la dirá, será que no la terminó de armar, o sí lo hizo pero luego descubrió que no valía la pena decirla. ¡Cállate, Tommy, por favor! Mamá me abraza y yo escondo la cabeza en su pecho. Me toma en sus brazos. Me limpia las lágrimas pero no puedo dejar de llorar, dime que Tommy está mintiendo, por favor. Ella no dice nada y yo levanto la cabeza y entreabro los ojos para darle un buen vistazo a papá, ver si es posible que él hiciera lo que Tommy y otros dicen que hizo. Papá me mira con rabia, como si yo tuviera la culpa de algo, como si estuviera a punto de castigarme por haber ensuciado la pared con la pelota de tenis. ¡Ésta no es tu casa! ¡Aquí no mandas! Ésas son cosas que Tommy diría si papá lo mirara así. Pero es a mí al que mira, y yo no digo nada. Cierro los ojos, me pierdo en los brazos de mamá.

[enterrador]

Estaba a unos metros de Christine cuando a su papá le tocó hablar. El entrenador Walters, bonachón, sabio en sus consejos, era muy popular; sus palabras llegarían a los chicos más que las del director y los padres de Hannah y Yandira. Así fue. Evitó esos lugares comunes de la injusticia de la vida, de lo que significaba para Dios que se interrumpiera el arco normal de desarrollo y realización de una persona, y se concentró, más bien, en anécdotas. Lo que significaba querer a Hannah y a Yandira como a sus hijas. La vez que Hannah se olvidó llevar su indumentaria a un partido en Ithaca y cómo fue que tuvo que salir a la cancha a alentar a los muchachos con el uniforme de uno de los jugadores de fútbol, le quedaba tan grande. La vez que Yandira, tan juguetona, lo empujó a la piscina fría de un hotel en las afueras de Pittsburgh.

El viento soplaba y se llevaba de aquí para allá las palabras del entrenador. Nuestros pies se hundían en la nieve. ¿Terminaríamos también enterrados, la nieve cubriendo nuestras cabezas?

Tenía a Yandira como una estaca clavada en el corazón. Creo que supo que la quería mucho, pero nunca se lo dije. No la quería de manera romántica, lo cual estaba bien; no hay amor, por intenso que sea, que no se apague. La amistad es harto más difícil de lograr y suele tener trazas de permanencia. A mí siempre me ha costado, pero con ella todo se dio de manera natural. Se sentaba en mi cama, descalza y con las piernas largas hechas un ovillo, y podía verme horas componiendo una canción en voz alta y jugueteando con los acordes de la guitarra.

Me decía que mis letras eran muy fatalistas y tenía razón. No me importaba si no la convencía del todo; esas horas, yo sentía que para ella era el Artista, y todo se justificaba. Componía para impresionarla; hay un par de canciones inspiradas por ella.

Recordé la frase de una canción de Dashboard: *How the girls could turn to ghosts...* La frase me ardió en el pecho.

Y ahora, ¿a quién le mandaría los enlaces a las canciones que me gustaban y encontraba en YouTube?

Amanda estaba muy seria, los labios apretados, pero a su lado Christine se pasaba los dedos por los ojos, como si tratara de limpiarse las lágrimas.

Me acerqué a Christine. Ahora parecía que estaba con hipo, se cubría la boca con una mano. Tenía las mejillas temblorosas, la mandíbula con un tic nervioso. De pronto no pudo más y estalló en llanto. La abracé sin pensarlo, traté de consolarla. Sentí su cuerpo estremecido, hecho de una materia frágil pero a la vez muy dura. Pensé en todo lo que aguantaban los cuerpos, en cómo no había día sin algo que me doblara, sin algo que me quebrara, pero cómo a pesar de todo seguíamos vivos. Ése era el milagro, vivir era sobrevivir.

El entrenador miró a sus hijas, pareció enorgullecerse de la firmeza de Amanda, se conmovió ante el rostro desolado de Christine.

No pude separarme de ella. Ahí mismo se me ocurrió la letra para una canción. Hablaría del silencio de la nieve, de una niña rubia que va a despedir a su enamorado al cementerio y siente que todo es tan injusto. *And the whiteness of the snow made her think about God / And she closed her eyes and then she opened them / And there was the snow, but there was no God.*

La idea, el sentimiento, eran correctos, pero mediocre la forma de expresarlos. Me asusté: yo sería uno más de esos derrotados del arte, los que quieren construir dragones de fuego y sólo balbucean. Tenía un futuro de borracho o resentido, el que rechaza el éxito pero en el fondo sólo sueña con lograrlo. Era suficiente que la inspiración me llegara una sola vez para librarme de un futuro de espanto. Pero quizás lo mejor sería prepararme para el contundente fracaso.

Cuando todo terminó, acompañé a Christine a su casa. En el living, su mamá nos invitó a una limonada agria y galletas con pedazos de chocolate. Amanda subió a encerrarse a su cuarto. Christine y yo nos quedamos solos, los dos sentados en el sofá. Nervioso, me puse a hojear un ejemplar de *Sports Illustrated*. Un artículo sobre un *left tackle* que era un fenómeno a pesar de una infancia miserable (séptimo hijo de diez, madre adicta al crack).

Me agradeció la compañía. De nada, le dije.

Hubo un silencio incómodo, como si ella hubiera despertado y se preguntara qué diablos hacía allí conmigo, una de las chicas más populares de Madison High junto a uno de esos góticos rebeldes de sobretodo largo y negro que supuestamente odiaban a las chicas y a los chicos populares. La Bella y el Enterrador.

Me inquieté y desvié la mirada. Mis ojos se posaron en la combinación de parafernalia deportiva y religiosa en las paredes. Estaba la foto de Juan Pablo II en uno de sus viajes a Estados Unidos y la reproducción de la Última Cena, había leído *El código Da Vinci* y me fijé y descubrí a María Magdalena entre los apóstoles. También se podía ver una foto del entrenador en sus tiempos de *linebacker* en Syracuse, la de Christine cuando era *cheerleader,* y un banderín de los Jets.

Le pregunté por qué había dejado de ser *cheerleader.*

Una caída. Me rompí la pierna. Es el deporte más peligroso del mundo. Tanta rapidez, tantas luces de colores, los aplausos y esos cuerpos que vuelan, que forman figuras, que se apoyan uno en el otro, que se suben uno sobre otro, tanta elegancia. A ratos lo extraño. El médico me dijo que podía volver, pero ya era un bloqueo sicológico. Tenía miedo, soñaba que me volvía a caer y de nuevo me rompía la pierna. Luego Amanda entró al equipo y me dije que estaba bien que ella me reemplazara. Eso me tranquilizó.

El *cheerleading* no era un deporte para mí, pero no intenté corregirla. Tal como lo describía, esos saltos frívolos al costado de una cancha, mientras la gente presenciaba un deporte de verdad, adquirían un aura de caza mayor, un glamour privilegiado.

Yandira era tu amiga, ¿no?

Mi única amiga, dije, orgulloso. No sé qué haré sin ella.

Lo siento. Era muy buena chica. El asesino tendrá que pagar por esto.

No sé si se puede.

Se quedó callada. Había inquietud en sus manos, como si estuviera buscando la forma de decirme que era hora, tenía que subir a su cuarto a hacer las tareas. Le ganaría de mano. Me levanté y me despedí. Me acompañó a la puerta. Antes de darme la vuelta, me fijé bien en su rostro. Había vellos finos y casi transparentes sobre su labio superior. Venas azules surcaban sus mejillas como atareadas en seguir un cauce que no dejaba de bifurcarse y proliferar. El pelo largo enmarcaba el óvalo de la cara, los ojos verdes e inexpresivos y la nariz menuda y respingada la hacían parecer una inmensa muñeca. Era una muñeca real y yo un ser irreal a su lado, la facha tan deshilachada.

Durante los días siguientes comimos juntos en la cafetería del colegio. Por las tardes, la acompañaba a su casa y me quedaba hasta la cena. Hacíamos las tareas juntos, veíamos televisión, íbamos al Triángulo; la acompañaba a Gap y a Abercrombie, ella se probaba la ropa en los vestidores pero casi nunca compraba nada, era ahorrativa y prefería donar lo poco que tenía a su iglesia, los domingos.

No podía decir que fuera mi tipo, pero sentía que el día del cementerio un lazo se había creado entre nosotros. Ese lazo no era fácil de romperse; me parecía una frivolidad eso de ir a tiendas de ropa en el *mall,* pero, a la vez, esa actividad adquiría cierta urgencia, cierta importancia, si me lo pedía Christine.

A veces, cuando estábamos en el living, su papá venía a sentarse con nosotros. Usaba sudaderas de coloridas franjas horizontales —rojo y azul y blanco—, shorts y pantuflas. Tomaba un vaso de leche, comía Saltines con queso y salame, se preparaba sándwiches de jamón con huevo. A veces no nos dirigía la palabra y hacía un sudoku tras otro. Otras, hablaba de su infancia en Flint, Michigan. Se acordaba de Terry, un hermano tan guapo como George Clooney al que le había perdido el rastro, nunca trabajaba pero siempre tenía dinero, le había conocido una chica pelirroja que alguna vez estuvo casada con un mafioso. El entrenador pensaba que Terry estaba metido en negocios turbios y prefirió distanciarse de él. Consiguió una beca para jugar al fúbol por la universidad de Syracuse, se fue de Michigan y no supo más de Terry. Habían pasado casi treinta años y ahora, en las noches, soñaba con la cara joven, sonriente y alargada de su hermano, con unos labios que no pronunciaban palabra alguna pero que, en su silencio, le reprochaban que se hubiera ido así, sin despedirse.

El entrenador decía que había buscado a su hermano a través de Internet, sin suerte, y que estaba pensando seriamente en viajar a Flint. Yo asentía, al mismo tiempo interesado en la historia y deseoso de que nos dejara solos. Estaba seguro que venía a contarnos esos largos relatos como una forma de oficiar de chaperón, cuidar que yo no tocara a su hija. No debía preocuparse: me costaba atreverme a tocarle la mano siquiera.

Una noche, al despedirme, me animé: besé a Christine en la puerta y me sentí correspondido y feliz.

Sentí que su cuerpo se tensaba junto al mío, me abrazó y apoyó la cabeza en mi pecho. Le acaricié el pelo durante un largo rato, incapaz de dejar que el tiempo volviera a fluir. La luz amarillenta de un farol junto a la puerta de la casa nos atrapaba como a los mosquitos que se golpeaban contra el foco. Me habría quedado ahí durante toda la noche si no hubiera sido por ella, que se separó de mí lentamente y me dijo que debía entrar y volvió a besarme, esta vez por unos segundos. Al regresar caminando a casa sentí que la luz de la luna dotaba de un relieve particular a mi entorno; los árboles, los autos parecían dotados de una luminosidad que, más que provenir de afuera, explotaba desde adentro.

Siempre se nos podía ver juntos en el colegio, en el recreo, a la hora del almuerzo; cuando había cambios de hora yo corría a encontrarla. Éramos una pareja extraña y la gente hacía apuestas sobre cuánto íbamos a durar. Las amigas de Christine se reían de mí a mis espaldas pero al menos me aceptaban; los de mi grupo se distanciaron. No podían entender que yo estuviera con una chica tan convencional, y aparte una *freak* religiosa, de las que van a la iglesia todos los domingos y se ofrecen de voluntarias para *Sunday School,* seguro que cuando cumpliese dieciocho se convertiría en una típica votante republicana. Adiós, adiós, el Enterrador ha sido enterrado, ja, ja, ja.

Era probable que tuvieran razón, pero no podía hacer nada al respecto. Ellos no sabían de ojos grandes y verdes como peceras, donde flotaban peces dorados cuya memoria de tres segundos les permitía enamorarse siempre por primera vez de lo que veían todo el tiempo.

[rhonda]

Yandira y Hannah y Rhonda. Yo era la tercera, la que no murió esa noche, la que decidió no acompañar a sus amigas a Syracuse y por esas cosas del destino se salvó. Los días siguientes a la muerte de mis compañeras podía ver compasión en el rostro de la gente cuando me miraba, un leve movimiento de la cabeza, como diciendo qué suerte que tuvo ella.

Pero yo miraba a los papás de Yandira y Hannah, a las compañeras del equipo, y no sentía para nada que la suerte me hubiera acompañado. Tenía la conciencia culpable, como viviendo un tiempo prestado, una vida que ya no me pertenecía. Papá me encontró llorando en el baño, la ducha encendida y yo incapaz de desnudarme, y me preguntó qué me pasaba y le dije que sentía que debía haber muerto junto a mis amigas, eso era lo más justo. No se trata de justicia, dijo papá arrodillándose y abrazándome en un vano intento de consolarme, sólo de que no era tu hora. No te sientas culpable, intenta seguir tu vida de modo que tus amigas se sientan orgullosas de ti cuando te reúnas con ellas.

Era imposible. No podía librarme de ese sentimiento, era como una segunda piel que me poseía. Iba todos los días al cementerio, me sentaba junto a sus tumbas y les hablaba y las ponía al día con los chismes de Madison High. Por las noches le rezaba a un ser que había inventado y me parecía más real que Dios: el Guardián de los Sueños. Le pedía que en mi próxima visita a su territorio mágico no me dejara salir de él. Quería quedarme a vivir allí.

Después se me ocurrió ir a las casas de Hannah y Yandira y pedirles a sus papás que me regalaran algunas de sus ropas. No habría momento en que no llevara puesto algo de ellas. El suéter rojo de Yandira, la cadena de plata de la que colgaba un ornitorrinco; las medias de rayas multicolores de Hannah, las camisetas apretadas.

A veces me vestía de la cabeza a los pies con las ropas de Yandira, y trataba de actuar y pensar e imaginar como si fuera ella; hacía lo mismo con Hannah. Escuché grabaciones, vi vídeos de nuestras prácticas, aprendí sus dichos y la manera en que entonaban algunas palabras. Las chicas que se daban cuenta de lo que hacía se reían o se apenaban por mí.

En MySpace creé una página con el nombre de Yandira y otra con el nombre de Hannah. Los papás de Yandira se ofendieron y me pidieron que parara; les dije que era un homenaje, la voz de su hija que me poseía y venía de más allá de la tumba para hablarnos a todos. Mis argumentos no los convencieron. Los papás de Hannah no se molestaron, lo vieron como un gesto tierno.

Una mañana estaba en clases cuando sentí que una oleada fría me invadía todo el cuerpo. Comenzaba por mis piernas, subía por mis brazos, me recorría todo el cuerpo. Era como si la sangre se me hubiera enfriado durante algunos segundos. Nadie se había dado cuenta de lo que me ocurría: la maestra de Inglés seguía hablando sobre Frost, mis compañeras seguían dibujando despreocupadas en sus cuadernos. Me dije que era un ataque de ansiedad y traté de controlarme. Las oleadas desaparecieron, pero luego volvieron con más fuerza. Me tomé el pulso. Un pensamiento me golpeaba el cerebro: *tú debías haber estado ahí*.

Salí del aula corriendo, me dirigí al baño, vomité.

Esa tarde, cuando volvieron las ráfagas frías, me encerré en el baño de mi casa y me corté las venas de las muñecas con una hoja de afeitar. No quería suicidarme; sólo buscaba dañarme. Sentí alivio al ver los hilillos de sangre escurrirse por entre mis dedos. Después me puse curitas.

Cuando me curé, volví a cortarme las muñecas. También me corté en el pecho, en los muslos, en lugares cubiertos por mis ropas. Llevaba hojas de afeitar en mi mochila, en mis carteras. Lo hacía en el baño de la escuela o en la casa. Cerraba la puerta a la hora de ducharme, no fuera a ser que entraran mamá o mis hermanas, y evitaba cambiarme en los vestuarios de Madison High después de los entrenamientos.

Era cuidadosa, pero a veces me hacía daño. Un domingo tuve que ir por mi cuenta a Emergencias en el hospital: me asusté al ver que un corte en uno de los muslos no paraba de sangrar. La mujer que me atendió se dio cuenta de lo que estaba haciendo y me dijo que tendría que hablar con mis papás.

Dos días después se reunieron conmigo en la sala de estar. Sabía que era algo serio porque mis hermanas no estaban y mamá había apagado la televisión. Papá me dijo que había recibido una llamada de la mujer que me atendió en el hospital. Se preocupó y dijo estás llevando todo muy lejos. Mamá, llorosa, sugirió canalizar mi desesperación hacia algo positivo.

No estoy desesperada, mamá, al contrario: nunca me he sentido mejor.

Lo que estás haciendo no es nada bueno, hijita.

No quiero hacer nada bueno.

La charla no iba a ninguna parte. Me aguanté las ganas de gritarles. No quería ser la típica adolescente rebelde, no tenía conflictos con ellos y sentía que lo que había ocurrido con mis amigas me justificaba. Los reproches continuaron, y les pedí que pararan y como no me hicieron caso me puse a llorar y me levanté del sillón y subí corriendo a mi cuarto. Me encerré con llave.

Papá tocó la puerta, trató de convencerme de que la abriera. Le dije que se fuera, que si era por mí no quería volver al mundo. Me quedaría encerrada en mi habitación hasta el fin de mis días.

¡No seas melodramática!

Recordé una película con Robert de Niro que había visto hace poco. Busqué la navaja en uno de los cajones de mi cómoda. Escribí con ella en mi antebrazo derecho: Y-A-N-D.

La sangre se escurría de mis venas, resbalaba por mi brazo, goteaba sobre el cobertor rosado y el piso. El dolor me hizo lagrimear.

Escribí en mi antebrazo izquierdo: H-A-N-N.

La N no me salió bien, el palo del medio era una temblorosa diagonal.

Papá seguía gritando, pero ahora todas sus palabras se juntaban en una frase larga y confusa. La frase iba y venía por mi habitación, rebotaba en las paredes, se deslizaba por el suelo, iba a dar bajo la cama, reaparecía junto a la mesa donde hacía mis tareas, quería escaparse por la ventana pero no podía.

Fui a abrir la ventana, pero la frase se negaba a irse. Explotaba en mi cabeza. ¿Es que no se iría nunca?

Me sentía mareada.

Hundí la navaja con todas mis fuerzas en mi muñeca izquierda. Pegué un alarido que debieron haber escuchado los vecinos.

Papá...

Me desvanecí.

[amanda]

La escritura fue mi compañera desde los doce años. Era una actividad privada: me desahogaba en mi diario y lo mantenía bajo llave, pues allí mis padres y hermana podían encontrarse con muchos de mis pensamientos más duros sobre ellos, la insoportable obsesión religiosa de Christine, el populismo demagógico de papá, el narcisismo de mamá.

Un día, sin embargo, me animé a iniciar un blog en MySpace. Poco a poco el blog se fue transformando en mi diario. Escribía las cosas más íntimas, hablaba de mi desolación en Madison, de la vez en que probé yerba y en otra ocasión coca con uno de mis novios, de compañeras que no toleraba y maestras que merecían el despido. En MySpace perdía el pudor, sentía que estaba escribiendo para mí y cuatro lectores. Me sorprendió descubrir que era leída, que se comentaban mis textos; recibía numerosas opiniones de otras partes del país. Las viñetas sobre mis vecinos, sobre todo Mary Pat, eran las que más comentarios provocaban. Tibbits me dijo que tuviera cuidado, había una línea muy delgada que separaba la libertad de expresión de las ofensas al personal de la escuela. Eso me envalentonó aún más. Estaba encontrando mi voz.

Escribí para el *Believer* un texto muy personal y melancólico sobre Hannah y Yandira. Los comentarios favorables que recibí hicieron que me convirtiera en una colaboradora asidua del periódico. Escribí un texto sarcástico sobre uno de nuestros ex alumnos más preclaros, Paul Wolfowitz, ese despreciable neocón que a los quince años había formado parte del consejo editorial del *Believer*.

No era política del periódico criticar a los ex alumnos, pero Thomas Jenkins, el editor principal, pelirrojo y bonachón, estaba molesto con Tibbits porque no había dejado que los estudiantes montáramos la obra sobre la guerra en Irak, y convenció al consejo de editores para que publicaran el artículo en la página editorial. El director quiso suspendernos, pero descubrió a través de los abogados de Madison High que, si bien no habíamos respetado una costumbre, en realidad no habíamos violado ninguna regla escrita, y que mejor evitara una pelea que podría tener consecuencias nefastas para la imagen de la escuela. Tibbits siguió a regañadientes los consejos de sus abogados, pero nos mantuvo en la mira, incomodándonos con recortes al presupuesto del periódico y otros golpes bajos de ese tipo.

El mes de noviembre traté, a través de la escritura, de olvidarme de Tim y Jem, de Hannah y Yandira, del panorama deprimente en Madison High. No era fácil. Se debatía sobre si cambiar de ciudad el juicio de Webb, aquí nadie sería imparcial. Una *runaway* había aparecido después de cuatro años y acusaba de su secuestro a un guardia de seguridad de la escuela. Nadie podía creerlo, ¡el querido Peter, nuestro Peter del Día de Peter Woodruff! Las chicas de cursos mayores se acordaban de ella, había sido compañera de las del duodécimo, dicen que era flaquita y pícara y ahora estaba hecha una pena, la de traumas que debía tener. En cuanto a Woodruff, se había fugado.

Para colmo, en Madison High había tensiones raciales entre blancos y negros. Samuel, uno de los chicos más populares, había sido atacado a la salida por Brian Stamos y dos de sus amigos. Brian le confesó al director que Samuel vendía droga en el colegio, y que la pelea se debía a que le había vendido marihuana en mal estado. Cuando Brian se quejó, Samuel lo mandó al diablo. Tibbits, sin más pruebas concretas que la palabra de Brian, habló con los papás de Samuel y lo expulsó del colegio por toda una semana. Samuel, entonces, desafió a pelear a Brian. Y Brian aceptó, pero dijo que iría con toda su pandilla. Brian era amigo mío y me lo contó; me ofreció ir, tendría una primicia para el *Believer*.

Se encontraron en la cancha de *soccer* una tarde lluviosa en que no había entrenamiento. Samuel también apareció con toda su pandilla. Entre nueve y diez chicos por bando, los pantalones caídos, los gorros al revés, las posturas desafiantes. No ayudaba nada que todos los de la pandilla de Brian fueran blancos, y negros los de la de Samuel. En Madison High, en Madison en general, había una segregación de hecho entre blancos y negros.

Brian y Samuel se sacaron sus poleras y se dirigieron al centro de la cancha; sus pandillas hicieron un círculo en torno a ellos. Desde el borde de la cancha, con teleobjetivo, saqué varias fotos. Brian tenía en la espalda tatuajes de Hillary Duff y un arcoiris, Samuel era flaco y podían verse sus costillas, pero era puro músculo, pura fibra.

Brian y Samuel se movían sin perderse de vista, estudiándose mientras preparaban el zarpazo. Brian tenía una cojera apenas perceptible en la pierna derecha, se había roto los ligamentos jugando al básquet, lo habían operado pero quedaban secuelas; Samuel agitaba las piernas con ritmo, una adelante, una atrás, las dos juntas. Los compañeros coreaban sus nombres y gritaban palabras de aliento. Samuel fue el primero en atacar: una patada que alcanzó a Brian en la cintura. Brian quiso responder, pero se resbaló y cayó al suelo. Samuel se tiró sobre él y le dio una seguidilla de golpes en el rostro. Brian se protegió la cara en vano; uno de sus amigos, Zac, intervino para separarlos, pero recibió un golpe de Samuel en la boca. Al rato, los dos grupos se enzarzaban en una pelea a patadas y puñetazos. Yo sacaba fotos.

Uno de los *janitors* se dio cuenta de lo que ocurría y llamó al servicio de seguridad de la escuela. Los chicos fueron arrestados y se los condujo a la comisaría a declarar.

Papás de rostros preocupados y paraguas negros aparecieron en la comisaría al rescate de sus hijos; Tibbits iba de aquí para allá con palabras de consuelo, se esforzaba por aparentar imparcialidad. Unos acusaban a los otros; yo era la única que sabía cómo había ocurrido todo.

Llamé a Thomas y le conté de mi primicia; me preguntó qué esperaba para escribir la nota. Fui corriendo a mi casa mientras veía en el cielo opaco la amenaza de una tormenta o una nevada. Al llegar a mi cuadra, ya podía sentir finos copos de nieve en mi rostro, la caricia de una telaraña.

Al día siguiente el *Believer* logró uno de los mejores tirajes de su historia, y yo me hice aún más conocida de lo que ya era. En el baño, una chica me dijo, con un tono sarcástico, *hola, Chica Superpoderosa,* y descubrí que estaba bien ser popular, pero no tan bien ser muy popular.

Mis escarceos teatrales, mis horas a la semana dedicadas a la práctica para ser una mejor *cheerleader,* mis artículos en el periódico: tanta actividad era necesaria para mí, me mantenía ocupada, evitaba que me deprimiera. Sin embargo, era demasiado: por las noches terminaba agotada, sin tiempo para hacer las tareas. Debía abandonar algo. Coqueteé con la idea de dejar de ser *cheerleader,* pero luego pensé que no era el momento para darle la espalda a mis compañeras. Decidí dejar el teatro.

A principios de un noviembre que prometía ventarrones y nevadas irascibles, Neil Webb fue acusado de ventiséis cargos, entre ellos secuestro y asesinato, abuso sexual, robo de auto, ingreso ilegal a una casa y posesión ilegal de un arma. Madison High respiró aliviada, pero el aire sombrío de la escuela no desapareció: ayudaba que se hubiera encontrado al culpable, mas era inequívoca la sensación de que nada que se hiciera a esas alturas podría rellenar el hueco dejado por Hannah y Yandira.

Esos días Christine cortó con el Enterrador. Le pregunté por qué. Me gusta, me respondió, pero no tanto como yo le gusto a él. Y es injusto que él se siga enamorando mientras yo sé que lo mío no llegará lejos.

Suspiró. Nos separan tantas cosas, continuó. No es el hombre con quien quisiera casarme.

Relájate, le dije. Sal con él, diviértete. No pienses en casarte todavía. Todo llegará a su hora.

Lo siento, dijo, firme. Si no puedo tomar cien por ciento en serio a un chico, no vale la pena.

Parece buen tipo, se vestirá medio repetitivo, siempre de negro, pero...

Es una gran persona.

Las canciones que te ha compuesto. Qué más quieres, tienes tu poeta particular...

Lo que no me convence es que no es muy religioso. Va a la iglesia conmigo por complacerme, no porque quiera hacerlo de verdad.

Si esperas encontrar a alguien como tú...

Claro que no. Necesito a alguien que no sea como yo, pero con el que haya afinidad en las cosas importantes. Y que sea un creyente de verdad es clave para mí.

¡Te casarás con un republicano!

Los demócratas también van a la iglesia.

No sé si ir a la iglesia sea suficiente para ti. Se me hace que estás buscando un fanático...

¿Y cuál es el problema?

Así era Christine, intransigente, solemne.

Al Enterrador lo vi caminando entre deprimido y furioso por los pasillos de Madison High, encerrado entre los audífonos de su iPod. Llamaba tanto a Christine que ella debió dejar de usar su Nokia. Le escribía tantos mails que ella dejó de revisarlos. Cuando íbamos a la iglesia del Buen Pastor los domingos, podíamos ver una sombra furtiva en las filas de atrás, la parka cubriendo parte del rostro.

Un día, cuando ella dejaba unos libros en su *locker*, él se le apareció, la rodeó con los brazos y no la dejó libre hasta que ella le tuvo que prometer que lo acompañaría al cine. A Christine, con la respiración entrecortada, no le quedó otra que aceptar.

Fueron a ver *Napoleon Dynamite* al cine de la universidad de Madison. Allí, en la oscuridad húmeda de *freshmen* y *sophomores* con mucha experiencia para ver películas y acariciarse al mismo tiempo, él intentó besarla; ella, paciente, apartó los labios y cuando él le preguntó el porqué ella le respondió que ya no estaba interesada en él. Luego le dijo que tenía ganas de algo dulce y salió a comprar a la sala iluminada del teatro y se quedó allí, leyendo en la cartelera las extravagantes descripciones de las películas de un ciclo dedicado a John Waters, hasta que terminó *Napoleon Dynamite* y apareció el Enterrador a su lado.

Ella le contó lo ocurrido a papá, quien, entre los mordiscos a su sándwich y con un vaso de leche en la mano, le dijo que cortara todo contacto con «ese chiquillo alterado». No era ése el carácter de Christine; ella quería que fueran amigos, ayudarlo a entender que, aunque no estaba enamorada, igual lo quería mucho y deseaba lo mejor para él.

Christine se asustó de verdad cuando, una noche en casa, mientras hacía las tareas en su cuarto, escuchó unos ruidos en la calle y asomó su rostro en la ventana: el Enterrador estaba ahí. Ella abrió la ventana, le preguntó qué quería. La nieve acumulada en los rebordes de la ventana se desplomó sobre el jardín como polvo de estrellas. Él le pidió que lo dejara entrar. Ella dijo que no podía, mejor que se vieran mañana en el colegio. Cerró la ventana, corrió las cortinas. Dos horas después, me pidió que me asomara a la ventana: el Enterrador todavía estaba ahí.

El Enterrador venía a plantarse en la acera de nuestra casa a eso de las ocho de la noche y no se iba hasta la medianoche. Era tan conmovedor como patético. Sólo le faltaba una radio con la canción de Peter Gabriel a todo volumen para remedar a John Cusack en *Say Anything*. Papá y mamá hablaron con Tibbits y la policía, consiguieron una orden judicial que le impedía al Enterrador acercarse a treinta pies de distancia de Christine. Un auto de policía se estacionó en la puerta de nuestra casa durante diez días, hasta que el Enterrador dejó de aparecer.

Christine rezaba por él todas las noches.

No te preocupes tanto, hijita, decía mamá, el amor va y viene, pronto encontrará a otra y pasará la página.

Christine se tranquilizó y comenzó a salir con Thomas, el editor del *Believer*. Y yo pensé en la frase de mamá y me dije que a veces el amor venía pero no se iba: todas las mañanas, todas las tardes, todos los días, yo seguía siendo el sitio de las apariciones de Tim.

[webb]

No.

No sufrieron.

Todo fue muy rápido.

Quizás unos segundos, como cuando a uno lo golpea una piedra y se desmaya.

La única diferencia es que, aquí, ellas ya no podrán abrir los ojos.

Perdí mucho tiempo cuando iba a visitar a papá a la cárcel.

Casi siempre recostado en su camastro, una piltrafa de hombre, la barba crecida, el olor a orín y mierda que lo invadía todo.

Papá, papá, ¿es que nadie te puede ayudar aquí?

¿No hay forma de que llames a uno de los de guardia para que te lleven al baño?

¿O lo haces a propósito, como una forma de seguirte castigando?

Él no me ayudaba.

Tenía los ojos salidos de sus cuencas —ojos que pertenecían más a un dibujo animado que a una persona— y no abría la boca para darme una explicación o un consuelo o cualquiera cosa que me sirviera.

La única sensación, allí, era la de una culpa que caía sobre él como un mazazo y lo ahogaba.

Nunca pude entender eso.

Ya la sentencia era un castigo, ¿para qué más?

No quiero caer en esa trampa.

Me sueño con Hannah todas las noches.

Su sonrisa me persigue, y su voz cantarina, señor Webb por aquí, señor Webb por allá, por favor, llámame Neil.

La vez que la vi en el Triángulo comprándose ropa en American Eagle.

Imaginaba minifaldas.

Me di una vuelta, me detuve en FYI y Cingular, compré pretzels en Aunt Annie *(cinnamon sticks),* aparenté un encuentro casual.

Escuchaba música en su iPod.

¿My Chemical Romance?

Me había tomado el trabajo de estudiar sus gustos, compré unos compacts y los escuché y aunque me parecieron bazofia los redimía el hecho de que Hannah se hubiera interesado en ellos.

Yo hubiera querido hacerla escuchar The Rolling Stones, canciones como *Under My Thumb* y *Street Fighting Man,* que de veras valían la pena, pero debía aceptar sus gustos.

Me dijo que me veía de buen humor, y sonreí.

Verte me pone de buen humor, dije, atrevido.

Intentó disimular la expresión de incomodidad en el rostro.

Un mechón de su cabello le caía por la cara, le partía el rostro en dos; el cuello era tan delicado y tentador, porcelana que llamaba a ser intocable y a la vez merecía más de una caricia.

Quise hablarle de lo bien que le quedaban sus jeans pero no sabía cómo tocarle el tema.

Sabía que ella era capaz de reconocer todas las diferentes marcas de jeans que usaba la gente.

Para mí todos eran lo mismo, pantalones azules de fábrica gruesa.

Los favoritos de ella, los que estaba usando ahora, eran los True Religion.

Eran muy caros.

Sus amigas sabían de su afición y se habían acuotado para regalarle unos True Religion en su cumpleaños.

Le podía decir: oh, veo que al final encontraste la religión que estabas buscando.

O con un guiño: *there's no religion like true religion.*

Pensaba en estas cosas cuando ella se me anticipó.

Tengo que irme, dijo.

Sentí que su despedida era cortante.

Ah, Hannah, si hubieras sabido lo mucho que te pensaba y soñaba, quizás te habrías apiadado de mí.

No era mi culpa, desearte.

Los ojos se posan en todos los rostros y cuerpos que pasan a nuestro lado y las más de las veces no encuentran ecos, resonancias capaces de conmover.

Y de pronto algo ocurre, y uno puede pasarse el resto de la vida buscando una explicación al porqué.

Se marchó en dirección al *food court.*

Desde atrás, con sus jeans talla cero, parecía un muchachito.

De lejos, la vi pedir pollo al curry en el mostrador de Sangam Indian Cuisine.

Me tentó volver a acercarme a ella, pero decidí que sería demasiado obvio.

En mis sueños Hannah de pronto se convierte en un muñeco de cristal, y viene el viento y lo resquebraja.

Me tiro al suelo desesperado, trato de juntar los pedazos, y despierto con la angustia de hallarme ante una misión imposible.

Mi corazón se ha acelerado, taquicardia acompañada de unas oleadas frías que me recorren el cuerpo.

Ya no quiero más sueños así.

He vivido muchos años contigo.

Nunca he podido confesarte que detrás de mi sonrisa benévola he estado luchando con impulsos turbios.

Cuando salíamos al parque con Junior, tú me hablabas mientras yo miraba a una chiquilla pelirroja de diez años y me preguntaba de qué color era el camisón que usaba por las noches, a qué crema olía su piel, si, cuando empujaba a su hermana menor en el columpio, su braga blanca se le metía al culo.

Durante muchos años creí ganar la batalla.

Visitaba a papá y me sentía diferente a él, en un plano superior.

Intercambiábamos pocas palabras.

Ahora me doy cuenta que esas tardes perdía el tiempo.

Debí haberlo interrogado sin descanso, atosigarlo a preguntas para que me dijera, me explicara de dónde venían esos deseos.

Entenderlo a él me hubiera servido para entenderme a mí.

Papá, tan débil.

Pero también lo justifiqué.

Eran ellas las que lo habían provocado.

Sí, esas niñitas de sonrisa cándida se hacían las inocentes pero eran en el fondo perversas.

Cuando papá hizo lo que hizo, ellas sólo habían recibido lo que merecían.

A mí me ocurrió lo mismo.

Dirán que Hannah no hizo nada, pero lo cierto es que me provocó.

No paraba de hacerlo.

Decidió ser *cheerleader* sólo por provocarme.

Antes de que yo me convirtiera en su vecino ella ya sabía que yo iría a vivir allí.

Ella ya estaba preparándose para atormentarme, practicando sus flexiones en el gimnasio, comprándose minifaldas que produjeran dolor con sólo verlas.

Ella fue la culpable.

Voy a extrañar a Junior.

Ya no quiero más sueños así.

Ya no.

Por la ventana veo un árbol en medio de un paraje desolado.

Estamos en pleno invierno, el árbol se ha quedado sin hojas.

Hay algo que cuelga de una de sus ramas.

Un cuerpo de color violáceo, los brazos flácidos a los costados, las piernas bamboleándose en la brisa.

[enterrador]

Cuando Christine me dejó lo tomé con mucha tranquilidad porque pensé que se trataba de un capricho pasajero. No tardaría en reflexionar, me dije, en darse cuenta de que no valía la pena perderme. Éramos muy diferentes, era cierto, pero esa incompatibilidad de caracteres nos permitía crecer: yo iba conociendo del valor de lo espiritual en la vida, ella de la necesidad de no aceptar a ciegas lo que nos vendía el sistema.

Me reuní en el billar con amigos a quienes no había visto hacía semanas, me encerré a componer canciones. A Christine la veía en el colegio a la hora de los recreos y del almuerzo; estaba cada vez más bella, la piel transparente de tan blanca, las cintas negras que usaba en el pelo para que resaltaran sus ojos. Notaba que hacía esfuerzos por eludirme, y algo me remecía. La saludé de lejos, no quise acercarme. Debía ser duro, los momentos difíciles permitirían acelerar el reencuentro.

Con el paso de los días y su silencio inquebrantable, me preocupé. Le mandé un ramo de rosas rojas y no hubo respuesta. Comencé a escribirle mails, primero cómicos y luego algo angustiados. Comencé a llamarla sin parar. Ni siquiera se dignaba contestarme con unas palabras tranquilizadoras.

Me desesperé: ¿sería posible que se tratara de un final verdadero?

Extrañé a Yandira. Sentí que había sido un mal amigo, que no la había acompañado como debiera en las últimas semanas de su vida. Comencé a visitar de manera compulsiva el sitio de Internet en el que sus compañeras le rendían tributo. Veía sus fotos en la pantalla —en una aparecía yo abrazándola— y pensaba en el cliché «tan llena de vida» y quería que estuviera a mi lado para escucharme y consolarme.

Era un egoísta: quería la presencia de Yandira no por ella misma sino porque necesitaba llenar mi vacío.

Dejé de ir al colegio. Me encerré en mi cuarto y, tirado en la cama, me puse a escuchar esa música que a Yandira le parecía atormentada y sin variaciones. Mamá se preocupó cuando me pasé un día sin comer. ¿Qué te pasa, hijo? Nada, mamá. Nada. Algo te pasa, no me mientas. Nada que no pueda curar un buen disparo en la sien.

Mi respuesta sobresaltó tanto a mamá que se lo contó a papá. Él vino a hablarme al cuarto, con su camisa tan atildada después de sus reuniones interminables en el bufete. Lo tranquilicé diciéndole que se trataba de un efecto retrasado de la muerte de «mi gran amiga Yandira»: sólo ahora tomaba conciencia de lo ocurrido y sentía el impacto de su desaparición.

Una linda chica, Yandira, dijo con la voz consternada. Una buena amiga, además. Personas como ella hay pocas, lamentablemente.

Me sorprendió el concepto tan elevado que parecía tener de ella, más aún sabiendo que ella no lo quería. Yandira, tan pacifista, admiraba a papá hasta que se enteró que a él le gustaba cazar. ¿Cómo puede ser posible, si parece inteligente? Así es, Yandira. Yo tampoco lo aceptaba, pero había razones más urgentes para mi rechazo (sobre todo, el hecho de que era un cerdo materialista, como mi madre. Bueno, todos lo eran en este país de mierda).

Son cosas que pasan, hijo. Lo de Yandira duele, pero pasará. Lo que te falta por ver todavía. La vida está llena de sorpresas.

Me dijo que quizás necesitara terapia, me pidió que comiera y me duchara.

Si no es por ti, hazlo por tu madre. Y por favor, ninguna mención a querer suicidarte o cosas por el estilo. Sabes lo sensible que es.

Era jugando, papá.

Ni jugando.

Pero lo cierto era que no estaba jugando. Esos días en la cama se me había cruzado por la cabeza más de una vez que quizás no estaría mal acompañar a Yandira. El mundo había perdido su razón de ser, siempre endeble pero en el último tiempo iluminada, justificada por Christine. Estaba dispuesto a seguir peleando, a una acometida feroz por el corazón de la mujer que amaba, pero ¿qué si no había respuesta?

Mi calma inicial fue dando paso a una rabia dirigida a todas partes sin sosiego. Una tarde di puñetazos a una de las paredes de mi cuarto hasta que mis nudillos sangraron. Rompí el espejo del baño de un cabezazo. Tiré el estéreo desde la ventana de mi cuarto y me alegré al escuchar el fragor de su estallido en el jardín. No quería escuchar más música, no quería saber del mundo.

Fui a la iglesia del Buen Pastor dos domingos seguidos, pero me contenté con ver de lejos a Christine, con sus faldas largas y acampanadas y sus camisas blancas y de volados, tan angelical y sin embargo capaz de ser despiadada. Un día, cuando ella ponía los libros en su *locker,* no pude más y me deslicé detrás de ella y, agresivo, la obligué a que me aceptara una invitación al cine. Era triste esa situación forzada a la que había llegado, pero entre estar cerca de ella y no estarlo, prefería lo primero, aunque fuera por la fuerza. La ida al cine, sin embargo, fue un fracaso: ella se salió a media película.

Merodeé por su casa varias noches hasta que la policía vino a hablar con mis padres y dejó una orden judicial para que yo no pudiera acercarme a Christine.

Christine me conminaba con policías y abogados a que yo me alejara de ella. Debía haberlo sabido, ella era parte del sistema. La iglesia, la ley, el orden: ¿por qué diablos me había enamorado de una mujer así?

Era mi oportunidad para desilusionarme de ella.

Y sin embargo, esas noches padecí insomnio y una mañana me sorprendí yendo a la biblioteca del colegio a preguntarle a una de las bibliotecarias, torpe y miope, los nombres de todos los puentes de Madison. Sacó un mapa y me informó: éste se llama Lincoln, éste es el Sherman Oaks, éste es el Sagan... Se lo agradecí, le dije que necesitaba la información para un trabajo que estaba escribiendo sobre la historia de la región.

En verdad, quería tirarme de un puente y me urgía saber el nombre del que escogería para la escena final de mi vida.

Uno de esos crepúsculos en que se especializa Madison, tan abruptos que uno siente que está en los confines del planeta y ha llegado el fin, fui al Pataki, uno de los puentes que comunicaban al pueblo con la universidad. Me acerqué a su baranda de hierro, que temblaba con el paso de los autos, y miré con algo de vértigo al desfiladero que se alzaba en torno al puente, las rocas prehistóricas que esperaban el abrazo de mi cuerpo. Me consoló pensar que no sería el primero: siete chicos antes que yo, la mayoría estudiantes de la universidad, lo habían elegido para terminar sus días.

Antes de tirarme llamé a Christine. No contestó, la muy imbécil. Iba a dejar un mensaje, pero al final pronuncié tres palabras y corté.

Cerré los ojos.

¿Dónde estaba Yandira cuando más la requería?

No.

Abrí los ojos.

No pude hacerlo.

En la oscuridad de la noche fui caminando a casa por el borde del camino, derrotado. Los autos pasaban a mi lado creando ráfagas de viento que sacudían mi sobretodo.

Pensé en la letra de una canción de Dashboard que alguna vez quise plagiar: *So she would not cry / As she lay in your lap she said / Nobody here can live forever / Quiet in the grasp of dusk and summer / But you've already lost / But you've already lost / But you've already lost / When you only had barely enough to hang on.*

Me puse a llorar.

De pronto, una imagen se conjuró con nitidez frente a mí: las escopetas de caza de papá.

Ya sabía qué hacer.

Me iría, pero no solo.

[daniel]

Mi jefe en el *Madison Times* está satisfecho. Han aumentado las ventas y las visitas al sitio en Internet. Yo, encargado de cubrir las noticias importantes del pueblo —el alza de los impuestos locales, el presupuesto del colegio, la creación de una playa de estacionamiento en *downtown,* las relaciones entre los *townies* y la universidad, el permiso para que Starbucks abra una cafetería—, me he convertido de pronto en un reportero de policiales.

Pasé varias horas moviendo mis contactos con la policía —Hernández y Scanlon—, hablando con los abogados para que me permitieran entrevistar a Webb. Los medios nacionales, los serios y los sensacionalistas, habían llegado a Madison y se habían adueñado del Hilton Garden Inn y el Holiday Inn; tenían el poder de sus nombres prestigiosos como ventaja, pero yo jugaba en casa y logré aprovecharme de ello. Mis notas sobre las familias de Hannah y Yandira habían logrado conmover a más de un policía; eso me permitió el acceso a información confidencial.

Cuando logré visitar a Webb en su celda, estaba algo atontado, recuperándose de los efectos de un sedante. Hacía algunos días había intentado suicidarse, aunque Hernández me dijo que había sido un intento burdo, más que nada una manera de llamar la atención. Hernández ya había decidido la culpabilidad de Webb y no habría nada que él hiciera para cambiar el veredicto.

El abogado de Webb, Tim Parkes, estaba a su lado en la celda. Parkes no debía tener ni treinta y cinco años, se había graduado en Harvard y se rumoreaba que tenía ambiciones políticas; llevaba un impermeable negro de corte fino y tenía el pelo con gel peinado hacia atrás. El cable de un iPod sobresalía de uno de los bolsillos del impermeable.

Parkes me dijo que había seguido la serie de artículos sobre las familias de las *cheerleaders* asesinadas, le habían parecido muy buenos, sólo por eso había aceptado la entrevista. No era tonto: si yo escribía un buen perfil de Webb podía influir positivamente en el desarrollo del caso.

Webb llevaba una barba descuidada y hacía ruidos con la garganta como si algo se le hubiera atragantado; sus zapatos estaban desamarrados. Encendí la grabadora, le pregunté cuándo había conocido a su vecina.

Ella me buscó, dijo entre dientes. Soy inocente.

Pero eso no justifica nada, dije.

No me estoy justificando, alzó el tono. Soy inocente pero no soy inocente. Yo amaba a Hannah. Ella no entendió eso, no quiso darme un chance. Yo no existía para ella. Estamos unidos hasta la muerte, y nada ni nadie podrá ir en contra de nuestro amor.

Es algo contradictorio lo que me está diciendo. Dice que ella lo buscó, pero que a la vez usted no existía para ella.

Fue así. Algo contradictorio. Difícil de explicar.

Y la otra chiquilla, ¿qué tenía que ver?

Un accidente. No estaba en los planes.

¿Un accidente, cortarla en pedazos?

Se quedó callado mirando sus zapatos desamarrados. Había algo en él que conmovía. Tenía la corpulencia y la altura suficientes para pertenecer a la Fuerza Aérea, pero su rostro proyectaba indefensión.

Parkes hizo un gesto en dirección a su cliente, como sugiriéndole que se quedara callado. Webb no le hizo caso y se puso a monologar. Habló con incoherencia, frases atropelladas que mencionaban pesadillas con arañas, genética, su colección de máscaras, sus días felices en España, su odio a la Fuerza Aérea —esa institución que lo había traicionado—, el placer culposo de observar a las *cheerleaders* durante los partidos, y su padre. Habló mucho de su padre. Para él, todo conducía a ese hombre en una prisión cercana a Rochester.

Le dije que entonces se declaraba culpable.

No, pero conozco la ley en este país. Conozco a la policía. No importa lo que yo diga. Hay una caza de brujas, y yo soy la víctima. Entonces, ¿para qué pelear?

Las pruebas contra usted son contundentes.

No será la primera vez que la policía falsee pruebas. Tendrán su culpable, para que la gente de este pueblo de mierda pueda volver a dormir en paz.

Le pregunté si su papá era también responsable de la afición a la pornografía.

Eso no tiene nada que ver.

Puede ser, a la mayoría de los hombres que ven vídeos porno no se les ocurre matar mujeres. Pero a usted quizás le hayan creado el hábito de ver a las mujeres como carne pura y dura nada más. De ahí a lo siguiente hay un simple paso.

Se rió.

Mire, se restregó las palmas de las manos. Yo a Hannah la quise de verdad. La veía casi como a mi hija, la niña de mis ojos. Jamás se me hubiera ocurrido tocarla.

Le mencioné que se habían encontrado huellas digitales suyas en el cuerpo de Hannah, y el ADN de su semen en la vagina.

Lo sabe, ¿no? Lo sabe e igual lo niega.

Si no me cree, no voy a hablar más.

Pensé en esos hombres que, al ser descubiertos por sus parejas, en una cama, desnudos con sus amantes, se atrevían a negar lo que sus parejas estaban viendo con sus propios ojos. Tuve ganas de decirle que le creía, eso era lo que hubiera hecho un buen periodista para hacer que su entrevistado siguiera hablando, así quizás algún rato bajaría la guardia y terminaría inculpándose. No pude hacerlo.

Me levanté, me despedí. Parkes me estrechó la mano, me pidió que por favor no pusiera en la entrevista eso de que su cliente amaba a Hannah. Veré qué puedo hacer, le dije, no prometo nada. Me guiñó. Pensé en Alicia, en cómo ella era incapaz de matar una mosca, cómo era una típica mujer progre, en contra de la pena de muerte, pero cuando leía de violadores, de asesinos de niños y jóvenes, perdía la compostura y decía que le encantaría matarlos con sus propias manos. El infierno les queda chico, gritaba, descontrolada. Luego se calmaba, disculpas, cariño, y me decía que se lo tomaba tan a pecho porque una de esas niñas podía ser, en el futuro, nuestra hija. Era una cuestión personal. Y yo pensé en el niño o la niña que no tuvimos; ella quería pero yo no me terminaba de animar, estaba tan acostumbrado a mi independencia, tan poco dispuesto a dedicar mis horas al cuidado de un bebé. Ahora Alicia estaba en un *ashram*, pero luego volvería a Madison y en un par de años tendría un hijo con el profesor de yoga. Sería doloroso verla cargando en los brazos a un hijo suyo que no era mío.

Cuando me marchaba, vi desconsuelo en los ojos de Webb, incluso algo de miedo, como si a él ahora no le quedara otro remedio que tener que enfrentarse consigo mismo en la soledad de su celda.

La entrevista no tenía mucho valor por sí sola. No se me ocurría qué hacer. Para desbloquearme, fui al sótano y saqué una botella de whisky que había guardado en un cajón junto a varias maletas vacías. Mindy me había dicho que me deshiciera de todas las botellas de alcohol en la casa y, en cierta forma, le había hecho caso. Bueno, casi.

Después de tres vasos al hilo, escribí un texto largo sobre el deseo desaforado y patético de ciertos hombres por las menores de edad. Me referí no sólo al caso Webb, sino también al caso Woodruff (el guardia de seguridad seguía fugado, la *runaway* estaba tan traumatizada que no hablaba con nadie, ni siquiera con sus padres, y tampoco quería salir de su habitación). No cité *Lolita* ninguna vez, era demasiado obvio. Hablé de una cultura que sexualizaba a las mujeres desde una edad cada vez más temprana, de muñecas Bratz muy maquilladas y con zapatos de taco alto, de camisas con diseños de ropa interior, del sexo en el colegio como una manera rápida de ser popular; hablé del salvaje que se ocultaba a duras penas bajo el barniz civilizado de tantos hombres, de la incapacidad o fracaso masculino para domesticar el deseo, del miedo del hombre a ver a la mujer como su igual, de la impotencia en sociedad que llevaba a tantos a buscar poder en una relación asimétrica con una menor.

No quise sonar muy moralista y también me las ingenié para dedicar un par de párrafos a los intrincados vericuetos del amor.

Terminé el artículo y seguí tomando. Esa noche extrañé a Alicia y me dormí en el sofá con la televisión encendida. Había creído dejar atrás la fase patética de la separación, los primeros meses de borracheras sin consuelo, pero por lo visto un descuido bastaba para una recaída.

Mi jefe, al editar el artículo al día siguiente, me dijo que no entendía muy bien esa parte sobre el amor.

Estás siendo muy críptico. A qué te refieres.

Webb estaba enamorado de la *cheerleader*... Y en cuanto a Woodruff, bueno, no retuvo a la chica a la fuerza, ella estuvo cuatro años con él y eligió no fugarse.

¿Era amor? ¿No estamos hablando de algo más simple, más primitivo? ¿Lascivia, lujuria, deseo?

Había todo eso. Pero creo que, en su cabeza, Webb se veía enamorado de ella. Hay varias formas de amor y algunas no son muy sofisticadas.

No me termina de convencer, dijo, cerrando la discusión. Igual, no podemos poner eso en el periódico. El tipo es un animal, eso sería humanizarlo mucho.

Los párrafos sobre el amor fueron eliminados del artículo, y yo recibí muchas cartas de lectores felicitándome por un texto tan logrado. No pude dormir bien las siguientes noches; sentí que había simplificado la verdad. Me consolé leyendo a Lovecraft, recostado en la cama con un vaso de whisky en el velador.

[webb]

Un hombre tiene sexo con su secretaria en la oficina.

Cuando está en el baño arreglándose, descubre una marca en el cuello.

Asustado, comienza a inventar una excusa para su esposa.

Al llegar a su casa, se pone a pelear con el perro.

Ve a su mujer en la cocina y le dice:

¡Amor, mira lo que me hizo Sultán en el cuello!

La mujer abre su blusa y le contesta:

Hay que hacer algo con él, mira lo que le hizo a mis pechos.

Ése me lo contó papá cuando tenía quince años y no se me olvida.

Papá se aprendía de memoria todos los chistes de *Playboy*.

Yo encontraba la revista oculta en un armario y me decía, con razón sabe tanto.

Con los años, la revista y los chistes dejaron de gustarme.

Un estilo muy liviano.

No hay más grande pérdida de tiempo que el porno *soft*.

O *hardcore* o nada.

El tonto del periodista creía que porque me gusta el porno hice lo que le hice a Hannah y a su amiguita.

Si fuera así, casi todos los que viven en este país serían asesinos.

Un niño se acerca a un policía y le dice:

Por favor, acompáñeme al bar, mi papá está peleando.

El policía va al bar y encuentra a tres hombres agarrándose a puñetes.

Los separa.

Le pregunta al niño:

¿Cuál de ellos es tu papá?

No lo sé, dice el niño.

Creo que la pelea es por eso.

Ése se lo conté una vez a Junior y no lo entendió.

Una mujer entra a comprar un rifle.

Es para mi esposo, le dice al que la atiende.

Él le pregunta:

¿Le dijo qué calibre?

No, dice ella.

Ni siquiera sabe que le voy a disparar.

Ja, ja, ja.

Ése le hubiera sacado una sonrisa a Hannah.

La última sonrisa.

¿Cómo fue que no le conté un chiste antes de despedirme de ella?

Se hubiera ido con una sonrisa.

Un hombre llega al infierno.

El diablo le dice que tiene que escoger entre tres castigos.

En el primero, un hombre es latigueado.

En el segundo, un hombre es torturado con fuego.

En el tercero, un hombre está recibiendo un *blow job* de una rubia espectacular.

El hombre, feliz, le dice al diablo:

Escojo el tercero.

Perfecto, dice el diablo.

El diablo se le acerca a la rubia, le toca el hombro y le dice:

Te puedes ir, llegó tu reemplazo.

Ja, ja, ja.

Ése le gustaba a mi mujer.

Lo aprendí en Rota.

Nos lo contó nuestro vecino.

No era un mal tipo, aunque tenía un mal concepto de los americanos.

Creía que todos éramos como Bush.

Irak había demostrado toda nuestra arrogancia e incompetencia.

Nuestra ambición por hacernos con el petróleo de los árabes.

Me peleé con él varias veces pero luego le di la razón.

Defendí a mi país pero luego no tuvieron piedad y me echaron como si fuera cualquier cosa.

Defendí a mi país.

Sin dudas, sin concesiones.

Defendí a mi país en tiempos de guerra.

Qué orgullo llevar el uniforme después del 11 de Septiembre.

Algún día Junior entenderá esto y se sentirá orgulloso de mí.

No estaré para sus mejores momentos.

Tampoco para sus peores.

Sólo espero que no aprenda de mí lo que yo aprendí de papá.

Emily, no sé qué hacer, le dijo Mary a su amiga en la oficina.

El jefe me invitó a salir el sábado por la noche.

Está casado, ¿no?

Es un viejo verde con mucho billete.

Conozco su estilo, dijo la amiga.

Te llevará a cenar, te hará beber, luego buscará una forma de llevarte a su apartamento.

Allí te romperá el vestido y querrá cogerte.

¿Y qué hago, Mary?

Pues, ponte un vestido viejo.

OK, OK.

Un hombre fue al médico para que le recetaran Viagra.

No se le paraba con su mujer.

Le voy a dar una muestra, dijo el doctor.

Tómese esta pastilla y luego me dice si funciona.

La pastilla comenzó a hacer efecto de inmediato, pero cuando llegó a su casa su mujer no estaba.

El hombre llamó al doctor.

¿Qué hago? Aquí sólo está mi hijastra, y con ella no necesito Viagra para hacerlo.

Ja, ja, ja.

OK.

Hora de despedirse.

[enterrador]

Desperté en la madrugada con la sensación de que todo acabaría ese día. Había tenido un sueño intenso en el que me veía persiguiendo a Christine por un bosque laberíntico y encantado. Ella desaparecía y yo me quedaba atrapado en el bosque, incapaz de encontrar la salida. Eran las seis de la mañana, pero en el sueño había un reloj que marcaba las cinco y veintidós.

Entré de puntillas al cuarto de mis padres. Dormían profundamente. Star levantó la cabeza y aguzó las orejas, pero luego hundió su mandíbula en el cobertor y volvió a dormirse.

Abrí el cajón inferior de una de las cómodas y saqué la vieja escopeta y una caja con balas (había escopetas más nuevas en el depósito, pero no tenía la llave). A los ocho años había acompañado a cazar a papá. En un claro de esa región de colinas a las afueras de Madison, nos encontramos cara a cara con una perdiz enorme de color marrón. Papá apuntó y la perdiz no se movió. Hubo un disparo, y luego la perdiz explotó, como si alguien hubiera detonado una bomba en su minúsculo corazón. Las plumas flotaron en el aire por unos segundos y luego fueron cayendo a la tierra helada. En el rostro de papá había una expresión satisfecha, la del hombre que acababa de cumplir un deber primordial, algo para lo cual había sido programado miles de años atrás y ante lo cual no valía la pena rebelarse. Sentí en el estómago un nudo opresivo, la agitación de las arcadas. Me dije que yo no era así, no pertenecía a esa raza. Yo estaba destinado a otras cosas.

Ahora, con el metal de la escopeta entre mis manos, sentí que no había forma de escapar a nuestro destino. Queríamos rebelarnos, pero todos albergábamos, en cantidades diferentes, los mismos deseos de componer canciones sublimes o destruir y destruirnos en el intento.

Volví a mi cuarto, me puse las botas, el sobretodo. Metí la escopeta en un bolsón que utilizaba los días en que me tocaba Educación Física. El tiempo de las canciones se había agotado, se abría un interregno cruel en que no quedaba más que rendirse a los instintos.

El Enterrador. Profético apodo.

Antes de salir de la casa me persigné y me visitó la nostalgia del ser cabal y controlado que era yo antes de conocer a Christine. Con todo, si me hubieran dado a escoger, no cambiaba ese descontrol por nada del mundo. Valía más la tempestad de unos impulsos sin orden ni concierto que la armonía y el sosiego de un mundo.

Caminé por calles oscuras cuyos nombres alguna vez habían servido para mis canciones. Jericho, Aurora, Bloodcreek, Candyland, King Richard. Ah, los días en que, en una bicicleta con un manubrio plateado, recorría el vecindario todavía penumbroso, tirando periódicos a casas somnolientas con porches iluminados y ventanas como ojos que me miraban sin culpa.

Alcé un periódico que yacía sobre la mullida alfombra de nieve en el jardín de una de las casas. La bolsa estaba mojada; desenrollé la liga que la sujetaba, la metí en el bolsillo del pantalón. Abrí la primera página: un titular inmenso que daba cuenta del suicidio del asesino de Hannah y Yandira. Habría regocijo general en Madison High, una alegría que no duraría mucho.

Tiré el periódico en el porche, continué mi camino.

Llegué a la calle de Christine. Froté las palmas de las manos para darme calor, luego las soplé con un resuello asmático.

Me pregunté si estaba seguro de lo que quería hacer. Sí, lo estaba. Todo, en realidad, era transparente de tan simple: si no la podía tener yo, nadie más la tendría. ¿Quién podría discutir la convicción de mis conclusiones? No había nada que no pudiera ser entendido. Habría compañeros y profesores en Madison High, consejeros y sicólogos que leerían las letras de mis canciones intentando descubrir algún mensaje cifrado escrito años atrás y que predecía estos instantes; tratarían de especular acerca de ciertas causas profundas, una depresión no diagnosticada, un trauma infantil que reaparecía, porque les costaría aceptar la verdad pura y desnuda: un corazón enamorado que se resistía a aceptar la pérdida.

No tenía miedo del futuro de Christine: su Dios la recibiría con los brazos abiertos. Sí tenía algo de temor acerca de lo que pasaría conmigo: no creía en un más allá capaz de consolarme. Cinco segundos después de los disparos, yo ya no sería más. Lo aceptaba, pero igual me producía escalofríos. Con sus imperfecciones y todo, estaba acostumbrado a lo que me rodeaba, esa materialidad contundente de parques y guitarras y libros y pantalones y vasos y ardillas. Imaginé que no sería difícil acostumbrarse al vacío, a la nada. Sería como una tarde de enero en Madison, el pueblo oscuro a las cuatro de la tarde, la ventisca que arrastra la nieve por las calles y avenidas y entierra casas y autos. Sería esa tarde multiplicada al infinito.

Tiré piedrecitas a la ventana de Christine hasta que una luz se encendió. Al rato, su silueta se dibujó en la ventana. Descorrió las cortinas. Tenía los ojos entrecerrados, el rostro somnoliento; estaba con su bata color crema. Me miró sorprendida. Le hice gestos para que abriera la puerta. Hizo girar un dedo en torno a su sien izquierda, como sugiriendo que yo estaba loco. Me había hecho ese gesto muchas veces, pero todas en un contexto cordial, cariñoso, *enamorado*. Ahora sentí que había algo de pánico, y que debía leer el gesto de manera literal: *yo estaba loco*.

Insistí. Pareció ceder, desapareció de la ventana.

Me volví a preguntar si quería hacer lo que quería hacer. La respuesta fue afirmativa. No habría palabras tiernas de despedida, todo eso se había acabado hacía rato. La rabia era más fuerte que el amor, o quizás era una de las versiones, la más despiadada, del amor. El desconsuelo y el cariño provenían de la misma fuente.

Cuando la puerta se abrió, yo ya tenía la escopeta entre mis manos. Christine tartamudeó y puso una cara de horror; retrocedió unos pasos, entré a la casa.

No, por favor, gimió. Por el amor de Dios.

No dije nada. Sentí que sería inútil. Mi cara le decía todo a ella; era la cara amargada de alguien que había soñado con un futuro imperturbable a su lado y que había visto encallar sus sueños en un tiempo fugaz.

Los gritos de Christine hicieron que su hermana saliera de su cuarto y apareciera en la parte superior de las escaleras. La vi por unos segundos y me distraje. Christine aprovechó para recuperarse de su sorpresa y subir por las escaleras hacia el segundo piso.

Disparé y fallé. Corrí tras ella. Amanda se encerró en su cuarto. Christine pasó de largo en busca del suyo.

Yo ya estaba en el segundo piso y disparé creyendo tener a Christine en el punto de mira, pero un cuerpo se interpuso entre ella y yo. Era su padre. Hubo un grito de dolor, más bien un aullido. Christine se encerró en el cuarto con su madre.

El entrenador estaba tirado en el piso. Una mancha de sangre se extendía por el *wifebeater* que usaba para dormir. Sus labios temblaban. Me quedé inmóvil sobre él, escuchando el retumbar que ya había desaparecido de la escopeta cada vez que apretaba el gatillo, el golpe seco de las balas en las paredes.

Se me cruzó por la cabeza darle respiración boca a boca, pero luego recordé a Christine y me dije, firme, que debía terminar aquello que había comenzado.

Me acerqué al cuarto de sus padres y grité que me abriera, pero no me hizo caso. Golpeé la puerta con toda la fuerza de mi cuerpo, pero sólo logré un dolor feroz en el hombro. Disparé contra el cerrojo, sin fortuna: apenas algo de madera astillada. Escuché sollozos, la madre que llamaba desde su celular a la policía.

Me di la vuelta y fui hacia el cuarto de Amanda. Golpeé la puerta con insistencia hasta que, adolorido, logré abrirla. Me encontré, de pronto, en una habitación llena de luz, afiches de cantantes y actores en las paredes color crema, una cama destendida y Amanda, que se había quedado paralizada mirándome, terror en el rostro. Una polera roja con el oso de la escuela en el pecho le llegaba hasta los muslos.

Si no eres tú, será tu hermana, grité esperando que Christine me escuchara.

¡No, por favor!, escuché la voz de Christine.

Contaré hasta diez y si no vienes...

Amanda juntó las palmas de las manos como si se dispusiera a rezar.

Uno, dos, tres...

Cuando llegué a siete, se abrió la puerta del cuarto de los papás y Christine apareció en el umbral. El miedo había desaparecido. Tenía la mirada firme, decidida.

Cobarde, dijo, deja a mi hermana en paz. ¡Ella no tiene nada que ver! ¿No estás satisfecho con lo que ya hiciste?

¡No soy un cobarde, mierda!, exclamé, apuntando a Christine.

Lo eres. Mil veces lo eres. Papá...

Sólo dime que te equivocaste, le dije. Nada más eso.

Nunca. ¡Nunca!

Disparé.

Su pecho explotó, manchas rojas salpicaron su bata crema.

Volví sobre mis pasos. Me paré sobre el cuerpo ensangrentado del entrenador. Tenía congelada una expresión de terror.

Debía apurarme.

Salí corriendo de la casa. Me dirigí hacia el cementerio de Madison. No estaba lejos. Atravesé jardines y patios de casas, con mis pasos que se hundían en la nieve fui creando senderos. Un hombre en bata y pantuflas que recogía el periódico en el porche de su casa me vio en su jardín y gritó insultos; lo vi desaparecer y volver a salir con un celular en la mano. Salí del jardín, me resbalé en el hielo de la acera. Me levanté; tenía los pantalones mojados, y me dolía el hombro y el antebrazo derechos por los golpes contra la puerta, y el muslo derecho, como si me hubiera estirado un músculo.

Seguí mi camino cojeando.

Llegué al promontorio donde se encontraban las tumbas de Hannah y Yandira. A lo lejos se escuchaban las sirenas de un auto de policía.

Había en torno a las lápidas hojas de poemas sostenidas por una piedra, osos de peluche, velas, ramos de rosas y tulipanes, crucifijos, colillas de cigarrillos y latas vacías de cerveza.

Busqué en vano un lapicero en los bolsillos de mi sobretodo. Hubiera querido escribir unos versos para Yandira.

Cayó sobre mí toda la inmensidad de su ausencia. Era mi única amiga y la extrañaba.

No me importaba fallarme a mí, a mis papás. Le había fallado a Yandira.

Los árboles cubiertos de nieve alrededor de las lápidas se agitaban en tono de reproche. A la vez, sus sombras me protegían de ese mundo en torno a mí que se había convertido en algo extraño y distante.

Me hinqué, metí en la boca el caño de la escopeta, y disparé.

[rhonda]

Me obligaron a ver a una terapeuta dos veces por semana. Se llamaba Mindy y tenía sesenta años. Su consulta quedaba en el segundo piso de una casa derruida en el centro de Madison; cada vez que entraba ahí, olía a orín de gato. Mindy no creía en pastillas, ni siquiera en diagnósticos médicos —«nuestra sociedad tiende a patologizar todo»—, y, con un fuerte acento alemán, decía, a cada una de mis revelaciones, «eso es muy importante». Al final de cada sesión me preguntaba si estaba orgullosa de mis cicatrices en los antebrazos, YAND y HANN marcadas en mi piel. Las primeras veces le dije que sí; luego le dije no sé; una vez le dije que no, y ella me dijo que estábamos progresando.

La muerte del entrenador, de Christine y del Enterrador me sacudió. Nos sacudió a todos. Hubo más entierros y lágrimas, más caras angustiadas que se preguntaban si la serie de muertes trágicas terminaría alguna vez. La ciudad, siempre fantasmal, se había convertido en un cementerio. Nos habitaba una maldición, o quizás apenas la mala suerte. Pero pensar en la mala suerte era rebajar tanta desgracia a una cuestión de la causalidad. Era más digno, tenía más sentido trágico, pensar en un castigo divino o en un encantamiento infernal. Antes de que todo comenzara la gente en Madison era profundamente religiosa, muy dada a la espiritualidad; todo esto no hizo más que reforzar ese sentimiento, esas convicciones. Un aliento conservador se solidificó en el pueblo.

Les dije a mis papás que estaba dispuesta a no cortarme más a condición de que dejara de ir a la terapia. Aceptaron. Les dije que tenían razón en lo que me decían, aquella vez que me desvanecí me había hecho ver cuán peligroso era lo que hacía. Las últimas muertes terminaron por hacerme reaccionar.

Pensé en buscar formas de honrar a mis amigas que tuvieran más impacto en la comunidad. Creé una pequeña fundación con el nombre de ellas; el dinero recaudado serviría para ayudar a las familias de adolescentes muertas trágicamente. Papá y mamá me ayudaban a llamar a gente de la comunidad para recaudar fondos.

Llevé a cabo varios proyectos con los alumnos de Madison High de modo que jamás se olvidaran los nombres de Yandira y Hannah, cómo eran ellas, las vidas que habían impactado a su paso. El director dejó que en una de las paredes del colegio se dibujara un gran mural de Yandira y Hannah, a condición de que se incluyera en el mural a Jem, Tim y Christine; al principio quiso que también se incluyera al entrenador, pero luego decidió buscar otra manera de honrarlo.

Fui de curso en curso vendiendo pins con las fotos de Yandira y Hannah. Eran para mi fundación. Para ese entonces yo ya no estaba tan triste. Ya no quería ser Hannah o Yandira; me era suficiente sentir que ellas me acompañaban todo el tiempo.

Los momentos más intolerables eran las pesadillas que me visitaban. Había leído en el *Madison Times* y el *Believer* todos los relatos de lo ocurrido esa noche, y reconstruido de manera obsesiva, minuto a minuto, los incidentes previos al momento fatal. La reconstrucción de esa noche se me aparecía de formas diferentes en mis sueños. A veces, me hallaba junto a Hannah y Yandira y despertaba en el momento en que me tocaba morir; otras, todo ocurría en mi casa, o el asesino era mi padre. Cuando pensaba en los pedazos de los cuerpos que no se habían recuperado, concluía que el asesino devoraba a mis amigas después de matarlas. Veía la sangre chorreando de su boca, un corazón palpitante entre sus manos.

Despierta, me ponía a rezarle al Guardián de los Sueños. Ahora le pedía que me cuidara en mi próxima visita a su territorio mágico. Que me tratara bien y me dejara salir con vida.

Cuando rezaba, me daba cuenta que ya no quería cortarme las venas como forma vicaria de morir junto a Yandira y Hannah; yo había sido salvada para dedicarme a la memoria de mis amigas. Sí, ésa era mi misión en la Tierra. Mis papás estaban orgullosos de mí.

Un día el director me llamó a su despacho y me dijo que el cuerpo de maestros había decidido darme una medalla en honor a mis esfuerzos. Tu compañerismo, tu desprendimiento, dijo, son un ejemplo para todos nosotros. No exagero al decir que sin tu espíritu abnegado y compasivo nos hubiera sido mucho más difícil atravesar indemnes esta época tan dura para todos nosotros.

Le dije que agradecía el gesto, pero que no quería recibir nada. Eso hubiera significado que yo estaba en busca de una recompensa, algún honor.

Tibbits pareció molestarse ante mi respuesta. Antes de que abandonara su despacho, me pidió que le avisara si recapacitaba.

Ese viernes, cuatro amigos —Eli, Brooke, Mike y George— me preguntaron si no quería ir a una fiesta en Ithaca. Acepté, con la condición de no manejar. Tenía ganas de emborracharme. Hacía mucho que no lo hacía.

La fiesta era en la casa de un profesor de Literatura Francesa en un barrio *chic* cerca del lago Cayuga. La daba su hija, que cumplía diecisiete años. Me la pasé estornudando por mis alergias a los gatos del profesor. El único momento interesante de la noche fue cuando conocí a un chico mexicano que estaba de intercambio en Ithaca High. Se llamaba Ángel y tenía el pelo negro y largo y rizado, y el cuerpo grácil y delgado de los jugadores de *soccer*. Salimos al balcón, que daba a un bosque invadido por la niebla. Me habló de varias series que le encantaban

—*Anatomía de Grey, Héroes*— y cuando me preguntó cuáles me gustaban no supe qué contestarle: hacía tanto que no veía televisión. Lo peor fue que me di cuenta que no sólo se trataba de la televisión. No había libros sobre los cuales pudiera discutir, ni películas que hubiera disfrutado recientemente, ni pasatiempos desarrollados más allá de mi pasión por el *cheerleading*. Me había dedicado tanto a Hannah y Yandira que había olvidado cultivar mis intereses.

Me sorprendió que Ángel me pidiera mi mail; se lo di, y me prometí que era hora de cambiar. Le dije que la siguiente le sorprendería con todos los datos que sabría de *Héroes*. Sonrió como conquistador tímido; o mejor, como alguien que usaba la timidez como estrategia para llegar al corazón de su presa.

Era la una de la mañana cuando decidimos volver a Madison. Todos habíamos tomado más de lo permitido, los *shots* de tequila y las cucarachas y los *muppets* del profesor habían dado cuenta fácil de nosotros. Brooke me pidió que manejara, pero le recordé la condición que había puesto y me negué.

Es que eres la más sana, me dijo.

Igual. No me animo.

Ante la ausencia de voluntarios, ella decidió manejar. Era la que más había tomado, pero era su auto.

Todo estuvo bien hasta Dryden. Allí, entre risitas, Brooke dijo que conocía un camino más corto, y se salió de la autopista y dobló hacia la izquierda. George se había dormido en el asiento de delante. Atrás, a mi izquierda, Mike metía la mano en la entrepierna de Eli y ella se dejaba hacer. Hice como que no veía nada.

El camino que había tomado Brooke estaba muy oscuro. Sólo se veía, a lo lejos, el letrero rojo y fosforescente del STOP.

Llegamos al STOP, pero Brooke no se detuvo. Dobló a la derecha.

El camión apareció en la oscuridad como una bestia que el Guardián de los Sueños acabara de dejar en libertad. Brooke intentó virar a la derecha del camino, pero no pudo evitar el impacto.

Escuché los gritos de mis compañeros, el ruido de los frenos del camión y del Nissan de Brooke.

Escuché mis gritos.

George logró salir por la ventana. Brooke abrió su puerta y se tiró al suelo y luego se puso a correr. Mike y Eli también salieron.

Quise salir, pero no podía moverme. Me había quedado sin aire. Tenía unos fierros incrustados en el estómago. Había sangre en mis manos.

No pude desabrochar el cinturón de seguridad.

Cerré los ojos.

Todo me dolía.

Hubo una explosión.

Las llamas aparecieron de improviso y yo traté de

[daniel]

Me ha costado encontrar estacionamiento. He debido dejar mi auto cerca de un letrero que dice NO PARKING WITHOUT PERMIT. Un pastor alemán me ladró mientras caminaba por la acera rumbo a la casa de los papás de Rhonda. Pensé en la forma en que uno, cuando vivía en un pueblo chico, terminaba entrelazado a todos. Las muertes nos afectaban a todos, el impacto de una bomba en Irak no sólo alcanzaba a la familia del soldado desaparecido, los divorcios tenían repercusiones que iban más allá de la familia que lo sufría.

Dejo mi tarjeta a la entrada, en un cofre dorado junto a una corona de laurel. Abrazo a Gwen, la mamá de Rhonda. Tiene un vestido negro ceñido al cuerpo y los ojos rojos. Muevo la cara a un lado, para que no sienta mi aliento a alcohol.

Mi sentido pésame.

Gracias, Dan, gracias.

Era una chica tan especial, tan cariñosa, tan dedicada a los demás. La vamos a extrañar.

Por favor, dice ella. No digas «era». No todavía.

Asiento, incómodo. Miro por todas partes, a ver si encuentro a Walter, su esposo.

Han hecho algunos arreglos en el pasillo de la entrada. Hay un gran reloj de pared que no había antes, un espejo que nos refleja el cuerpo entero. El living está tal como lo recordaba, aunque hayan sacado la mesa redonda. Están los cortinajes de encaje blanco, los aparadores con candelabros dorados, los cuadros con escenas de la Guerra Civil. La casa de una familia tradicional, con raíces profundas en la región; un regalo de bodas del abuelo de Walter.

Hacía mucho que no venía a la casa de Gwen. Cinco años. Gwen era la secretaria del *Madison Times* cuando entré a trabajar allí. Fue ella la que, en una fiesta de Navidad en su casa, en el living, me presentó a una amiga suya llamada Alicia.

Hay muchos adolescentes en el velorio. Los compañeros de Rhonda enfundados en los ternos negros que debían usar en la fiesta suspendida de la promoción, las compañeras con vestidos llenos de volados. Reconozco a un par de maestras. Esto ya se ha convertido en un ritual acostumbrado para el mundillo de Madison High. Una rutina que no deja de sorprender. Ya no hay llanto, más bien domina la expresión patética de alguien tan golpeado por el dolor que ya no sabe qué más hacer para expresarlo.

Me acerco al féretro. Está cerrado. Dicen que el cuerpo se carbonizó por completo, que de Rhonda quedó sólo un tronco chamuscado, las cenizas como una suerte de incineración a priori. Me dejo conmover por el olor de los jazmines en los floreros de cristal sobre la chimenea.

Rezo un padrenuestro, me persigno, me siento en una de las pocas sillas disponibles. A mi lado está Amanda, una chiquilla que ha tenido más muertes cercanas que las que tienen algunas personas a lo largo de toda su vida. Hay madurez en el rostro serio, en los ojos congelados en un punto que no se encuentra en esta casa. Quisiera abrazarla, hacerle ver que todo estará bien, *te sobrepondrás, uno se sobrepone a todo*. Pero sé que no podría mentirle, no podría decirle que todo estará bien. Lo había leído hace poco en una novela: *en el fondo no nos sobreponemos a nada*.

Me miran como un buitre rondando en torno a la carroña. Es periodista, ha escrito sobre los asesinatos de Hannah y Yandira, seguro está aquí para seguir escribiendo sobre nuestro colegio maldito. No, calma. Ya no quiero escribir más al respecto. Ya me he quedado sin palabras.

Ayer Alicia me pidió el divorcio. Después de un largo tiempo en suspenso, después de meses en que yo, sin más pruebas que una engañosa esperanza, me aferraba a una tenue posibilidad de que un día retornara a casa y los dos volviéramos a ser los de antes, el hilo se ha cortado. Hay una confusa liberación.

Ellas, sentadas junto a mí, piensan en Rhonda, su compañera, su alumna. Yo me dejo llevar por los recuerdos y pienso en Alicia. En los días del noviazgo, cuando reíamos de todo y nos comportábamos como Calvin y Hobbes, una pareja de comediantes que sabía turnarse para la travesura y la reflexión irónica. En los fines de semana en que nos gustaba pasarnos la tarde en Barnes & Noble, leyéndonos el uno al otro fragmentos de autores que descubríamos —yo Dick y Gibson, ella Blake y Yeats—, era más lindo leer fragmentos que novelas enteras. En los atardeceres en que, después de cenar, nos enfrascábamos en una batalla en *Culdcept* o algún otro juego de estrategia en la PS2. En las noches en que nos emborrachábamos con vino y una película seria de Kubrick o Godard se convertía en motivo de risa. En las mañanas de sábado en la ducha, el sexo que hasta el final siguió siendo urgente. *Most of us was beautiful,* me digo, eso lo hace todo más difícil.

Me esfuerzo por contener el llanto. Mi garganta hace ruidos desconsolados, lastimeros, guturales. Rostros sorprendidos se vuelcan a verme: ¿es que quería tanto a Rhonda? ¿Era su tío?

En este living hablé por primera vez con Alicia. Discutimos, cosa extraña, acerca de la posibilidad de que el *soccer* triunfe en Estados Unidos. Había sido una futbolista estrella en la universidad, becada por Maryland. Luego bailamos. Todavía recuerdo su piel fría y llena de lunares, cuando puse mis manos en su espalda y quise improvisar torpemente unos pasos de salsa o merengue, uno de esos bailes latinos en los que hay que moverse mucho. Después fuimos a comer *chips* con salsa y manché su vestido anaranjado y ella se rió, y cuando me dijo con tanta ternura *no puedo creer que seas tan torpe,* yo ya estaba enamorado.

Está bien que sea así. Está bien que el lugar del principio sea el de la despedida. Ya sé lo que he perdido, aunque nunca del todo, mi Number Six. Pronto descubriré lo que he ganado.

Hay algo de melancólica belleza en los adioses.

Te voy a extrañar. Utilizando tus propias palabras, que el buen karma te acompañe.

No, no voy a llorar. Mil veces no.

[junior]

Corro por el living detrás de Tommy, mamá grita cuidado con hacer caer las lámparas. Los dos llevamos máscaras, yo soy Blue Demon y Tommy el Santo, debo tocarlo para que él se dé la vuelta y comencemos a pelear pero no es fácil, Tommy es muy rápido, no lo podré alcanzar. Mamá lleva un vestido negro con volados y está lustrando las habitaciones del segundo piso. Toda la mañana se la pasó limpiando los baños y la cocina. La acompaña una botella de vino tinto. Ya se le va a acabar. A ratos la he visto muy triste, en el desayuno se largó a llorar, dijo que extrañaba a papá, *terribly,* su presencia en la mesa de la cocina. Otros ratos se ha puesto a reír como si se estuviera acordando de un chiste. Y hay momentos en que su cara parece la de una sobreviviente de un choque en la autopista, caminando con los zapatos en la mano y las mejillas bien rojas. Qué crees que pasará por su cabeza, pregunta Tommy. No sé, no sé. No me imagino que esté triste de veras, imposible. No, Tommy, yo creo que está confundida, un poco feliz y otro poco sin saber bien qué hacer. ¿Le contamos un cuento del Abuelo? No creo que esté de humor. A papá lo enterramos hace dos días. No hubo gente en el cementerio, sólo mi tía y nosotros. No hubo bendición porque supongo que no se la merecía, aunque, igual, me hubiera gustado un cura allí, que dijera unas palabras de consuelo, no tanto por papá como por nosotros. Mamá se abrazó a mi tía, se la veía muy frágil, debe ser difícil, todo lo que de pronto ha descubierto y sin embargo lo sigue queriendo. Luego me tocó la cabeza, me revolvió el pelo y me besó en la frente. Tommy y yo nos acercamos al ataúd, tocamos la madera. ¿Habrá alguien allá adentro? ¿Estará vacío? ¿En cuánto tiempo quedarán sólo huesos? Tommy comenzó a corretear entre las lápidas y yo lo seguí, mamá gritó más respeto por favor y yo dejé de correr, no quería que renegara, aunque Tommy siguió dando vueltas, había visto una ardilla y quería agarrarla. En el despacho de papá Tommy pregunta, y nosotros cómo estamos. ¿A qué te refieres? Bueno, estamos felices, nos duele, qué. Me acerco a la ventana, en el jardín de la casa de Hannah su mamá planta unas semillas, ha quedado muy bonito lo que ha hecho, un camino empedrado que va a dar a un estanque y a una roca enorme donde se encuentra una foto de Hannah y flores de todos los colores a sus pies. Toco mi corazón y le digo nada parece haber cambiado, late igual que antes. Y en las noches ya no hay monstruos bajo mi cama y hasta la vieja que se paraba al lado del televisor ha desaparecido. ¿Te animarías a dormir con las luces apagadas? No todavía. ¿Lo extrañaremos? No creo, digo. Papá iba y venía, nunca se detenía para hablar con nosotros, nunca quería jugar con nosotros, nunca nada, sólo reñir y reñir. En Rota se portó bien, dice Tommy. Duró poco, digo, dos o tres meses, le hizo bien el cambio de clima y luego volvió a ser el de siempre, ¿te acuerdas esa vez que me pegó en el parque y luego me llevó en hombros a la casa y me metió con ropa y todo a la ducha fría? Fue tu culpa, ponerle una zancadilla a una chiquita. Igual, yo pedía perdón en la ducha y no servía de nada, lo hacía con más ganas. Y esa vez en el Toys "Я" Us de Corning, que me puse a llorar porque no me podía decidir entre tantos Bionicles, y él me sacó de la tienda a empujones. Sí, pero si es nuestro papá, tenemos que quererlo. No creo, nada es obligatorio, no se puede forzar a querer a nadie. ¿Estaremos mejor o peor? Yo creo que mejor, digo, en realidad ya lo estamos. Son unos días, pero luego nos va a costar. Estaremos como mamá, un rato bien y otro no. Toco madera. ¿Y si salimos como él? No, nosotros somos tranquilos, ya hubiéramos dado muestras. No importa. Papá seguro fue un niño tranquilo, y luego terminó como el abuelo. ¿Tú crees que el abuelo también...? El abuelo no terminó en la cárcel por portarse bien. Mejor sigamos jugando. Sí, mejor. Salimos corriendo y nos topamos con mamá con la máquina lustradora en el pasillo. El baño de abajo está lleno de hormigas carpinteras, dice. Habrá que llamar al exterminador, se deben estar comiendo la madera, en cualquier momento la casa se cae. No quiero ni pensar en lo que costará, mínimo unos doscientos dólares. Tendremos que ajustarnos el cinturón, nada de juguetes por un tiempo. Su voz parece a punto de quebrarse. Vamos corriendo a abrazarnos a ella. Mamá me abraza y me dice: hijito, a partir de ahora, tienes que ser muy fuerte, nos hemos quedado solos tú y yo. Hay lágrimas en sus ojos. Me gustaría consolarla con unas palabras pero no se me ocurre nada. Tommy también se ha quedado en silencio. Debe estar pensando: ¿y yo qué, estoy pintado en la pared? Tengo ganas de decir, mamá, ¿y Tommy? Pero no digo nada porque sé que no me entenderá. No importa: Tommy se nos acerca, y él y yo aspiramos la loción de pera que le gusta tanto a mamá y la apretamos con todas nuestras fuerzas, como si quisiéramos perdernos en ella.

[amanda]

Han abierto un Starbucks en los Commons. Dicen que pronto abrirán otro allá arriba en la colina, donde viven los estudiantes de la universidad.

En los últimos años han abierto un Best Buy, Borders y Barnes & Noble. También Chili's y Applebees. Hubo un tiempo en que con mis papás y Christine solíamos ir los sábados a Syracuse, al Carousel *mall*. Qué ciudad más desoladora, nos decíamos, y qué centro comercial tan grande. Syracuse, dijo Christine, es un *mall* con una ciudad alrededor, y todos nos reímos. Ahora ya no es necesario emprender el viaje, tenemos más razones para quedarnos atrapados bajo la nieve de Madison, para encerrarnos en nuestras casas y rumiar frustraciones frente al computador.

Progresamos. Tenemos nuestro propio asesino en serie, aunque, claro, todavía cometemos muchos errores que nos recuerdan todo lo que nos falta: ¿cómo fue que la policía dejó que Neil Webb se suicidara en su celda? Daba para una investigación en serio, pero en Madison no había periodistas que hicieran ese tipo de trabajo. Había uno que escribió cosas pasables, pero nada más; había que contentarse con el *Madison Times,* los detalles del presupuesto de la escuela, el debate acerca de los impuestos a la propiedad privada.

La memoria es como una farmacia, escribió alguien. Y yo soy una farmacéutica irresponsable, abro los frascos sin tomar precauciones y a veces encuentro una pócima salvífica y otras veneno. Allí está Christine con su chaqueta verde en el parque, de la mano de papá, cuando tenía seis años, yo detrás de ellos tarareando una canción. Tiene pedazos de pan en la mano, corretea detrás de los patos a la orilla del lago semicongelado en invierno. Christine con mamá de rodillas en la iglesia del Buen Pastor, yo sentada junto a ellas mientras papá nos mira, apoyado en la puerta, cerca de la salida, como preparando una abrupta huida, nunca fue feliz en ese recinto donde se hablaba tanto de un mundo mejor que éste, me pregunto si habrá encontrado la paz allá o si estará también apoyado cerca de una puerta de salida, en otra iglesia que habla de otro mundo, nuestra inquietud no puede tener fin. Y también está Tim y su enorme sonrisa, el torso desnudo en mi cama, y Jem y la mandíbula apretada mientras manejaba el auto, él ya sabía que lo nuestro había concluido.

Me preparo para ir a la iglesia. Y pienso que en todo este tiempo lo único que he hecho es aprender que la vida es pérdida. Nuestros hijos no son nuestros hijos, nuestros padres no son nuestros padres, nuestros amigos no son nuestros amigos. Cerramos los ojos, los abrimos, y los otros ya no están. Y no debemos lamentar la pérdida, debemos más bien celebrar ese tiempo de compañía que se nos dio.

Es difícil. ¿La letra con sangre entra? Aun así, es tan difícil.

Por la ventana de mi habitación puedo ver a mis vecinos con sus mejores trajes, preparándose para la iglesia. Mary Pat con el chal rojo sobre la camisa negra a volados, seguro se hizo hacer la pedicura y la manicura todo el sábado por la tarde. Hay más luz que antes aunque el invierno se resiste a morir del todo. Las ardillas se escurren entre los árboles. Por las calles vacías pasan ciclistas, de vez en cuando un auto.

Hace unos días recibí la carta de la universidad de Colorado en la que se me informaba que había sido aceptada. Estudiaré Literatura. Dicen que Boulder es una ciudad de la que jamás me querré ir. Ojalá. Uno de los profesores me escribió y dijo que los del comité estaban muy entusiasmados con mi dossier. Había leído mi blog y estaba fascinado. Mi prosa era muy pulida, había fuerza crítica y originalidad detrás de cada una de mis frases. ¿Fuerza crítica? Me ruboricé. ¿Se refería a mis breves reseñas de películas y novelas que todo el mundo admiraba excepto yo?

Me disculpé, mi blog tenía cosas muy adolescentes, lo sabía, toda esa preocupación por el mundillo de Madison High, quería librarme de ello pero no podía. Todo a su tiempo, escribió el profesor, y luego admiró el perfil que había escrito del asesino de mi padre y mi hermana. Eso ha requerido de mucho coraje, escribió, eso me convenció más que tu ensayo que merecías una oportunidad en nuestro programa. Meterse en la cabeza de un ser que debes odiar con todas tus ganas.

No lo odio, contesté. Odiar a un muerto es una pérdida de tiempo.

Es un perfil conmovedor, escribió. Te hace sentir pena por una vida con tantas oportunidades para llegar lejos, desperdiciada así.

De eso se trata, escribí. Estamos rodeados de gente que por no tomar la decisión correcta ha perdido su lugar en el mundo. Hay que entenderlos.

No creo mucho en Dios. Igual, le pediré que me acompañe en Boulder. Y que la acompañe a mamá. Me preocupa ella, sola aquí, en esta casa encantada, los recuerdos que cuelgan de las paredes. Le sugerí descolgar las fotos de papá y Christine, al menos por un tiempo, incluso vender la casa y trasladarnos a algo más pequeño. No quiso. Su deseo fue, más bien, convertir la casa en una suerte de capilla ardiente para el culto de papá y Christine. En el living las velas están encendidas en torno a las fotos de los dos en un marco plateado, y hay jazmines frescos en un jarrón, y cartas que mamá les escribe.

¿Se puede no creer mucho en Dios? O se cree o no se cree. Cuando éramos niñas y veíamos una ardilla tirada en la carretera, papá nos quería proteger y decía que estaba «un poquito muerta». Lo mismo el primer pez dorado que tuvimos y que apareció flotando una mañana en el acuario, y lo soltamos en el baño y largamos la cadena y Christine preguntó adónde se había ido y papá dijo «al océano».

Abro mi cuaderno. Estoy escribiendo la lista de cincuenta cosas que quiero hacer en mi vida. Visitar la isla de Bali. Aprender a bailar el tango. Tener un trío. Ir a una discoteca gay. Besar a una mujer. Tomar una clase de astrofísica y otra dedicada a la poesía de Blake. Conocer el set de filmación de una película. Conseguir el autógrafo de Colin Farrell. Enamorarme perdidamente. Hacer el amor en una playa. Casarme. Tener un hijo y llamarlo Tim. No divorciarme jamás. Escribir una novela y dedicársela a mi hermana. Leer las obras completas de Dickens. Conocer Tijuana. Ir a Burning Man. Probar peyote o alguna otra de esas drogas alucinógenas. Visitar el museo Guggenheim en Bilbao. Ir a una competencia nacional de *cheerleading*. Ir al teatro en Londres. Tomar clases de guitarra clásica. Vivir un verano en Europa, de preferencia Italia. Aprender a cocinar *risotto*. Ir a un concierto de Arcade Fire. Viajar a Alaska con mamá y ver la aurora boreal. Convertirme en una blogger célebre. Escribir un *op-ed* en el *New York Times*.

Escribo: «comprar un acuario, llenarlo de peces dorados».

Recostado en la cama, Tim se ríe, con esa risa franca y contagiosa que me llenaba de alegría. Me susurra *yo te voy a acompañar a hacer todas esas cosas*. Nos va a ir bien. Los ojos tan verdes. La nariz tan recta. Los labios tan gruesos.

Un escalofrío me recorre el cuerpo. No hago mucho por recordarlo, no tengo sus fotos en mi billetera, pero igual, es una presencia constante. No me peleo con él, lo dejo estar, lo dejo hacer. He asumido que siempre, de alguna manera, viviré enganchada a él. Se las ingeniará para sobrevivir en mí, al igual que papá y Christine. Está bien que sea así. El problema no es tanto para mí como para aquellos que osen intentar reemplazarlo. Los chicos que me esperan en la universidad no saben que tendrán que lidiar con un fantasma. Tim no se lo pondrá fácil.

Mamá asoma la cabeza en mi cuarto y me pregunta si ya estoy lista para ir a la iglesia. Dame unos minutos, le respondo pintándome los labios frente al espejo oval en mi cómoda. Lleva un vestido negro, guantes negros y un collar de perlas del que cuelga un corazón de plata que, al abrirse, deja entrever una foto de papá y Christine.

Soy yo la que debería preguntarle si ella está lista. Se ha olvidado de ponerse zapatos, todavía está con sus pantuflas grises, ha salido a la calle con ellas más de una vez. Toma pastillas para dormir, y Zoloft durante el día para la depresión. Tiene la mirada vidriosa, como si tantas lágrimas hubieran terminado congelándose sobre las retinas. Hay algo de ausente en ella, como si se sintiera obligada a hablar de ciertos temas cuando en realidad sólo hay una cosa que le interesa.

Es injusta la vida, me dijo una semana atrás. Tu papá y yo debíamos envejecer juntos. Mi intuición me había dicho que yo moriría primero, y que a la semana él no podría con la soledad y se moriría de pena.

Sí, es injusta, pero ¿qué hacemos con eso? Aceptarla o no. Yo al menos lo intento. Mamá ha decidido rebelarse y se le van las horas en lamentaciones.

Las primeras semanas todo parecía ir bien. Había encontrado consuelo en la iglesia y entre sus amigas. Incluso había dicho que papá se enojaría con ella si no hacía algo útil con su vida. Comenzó a ir todos los viernes a un club del libro en casa de Mary Pat, y quiso volver a las pasiones artísticas que había dejado cuando se convirtió en ama de casa a tiempo completo. Se puso a escribir un libro para niños, y lo dejó después de diez versos en rima; le insistí que siguiera, podía continuar sin rima, pero se negó a hacerlo. Se puso a pintar cuadros de naturalezas muertas, los girasoles tan amarillos que lastimaban los ojos, el cielo tan azul que bordeaba el negro. Los cuadros se fueron amontonando en las paredes del living. Algunos ya ni los colgaba, se contentaba con apoyarlos contra el piano o los muebles. Otros estaban a medias; eran los que más me gustaban, si se pensaba que no habían sido terminados intencionalmente entonces uno podía encontrar cierto mérito artístico en esas manzanas tan esféricas, en esos plátanos tan desproporcionadamente largos.

¿Ya? Vamos a llegar tarde.

Ya, mamá.

¿Leíste que agarraron al guardia en la Florida?

¿El tal Woodruff? Sí. Una gran noticia.

Pobre chica. Va a quedar traumatizada para siempre.

Como todos, pienso pero no lo digo. Como todos, aunque más que la mayoría.

Miro mi rostro frente al espejo. Esbozo una media sonrisa. Amanda, me digo, Amandita, tienes diecisiete años y lo único que quieres es salir con vida de Madison. Y luego, algún día, escribir de los que dejaste atrás, enterrados bajo la nieve, algunos bajo tierra y otros mirando a la calle detrás de una ventana cubierta por la escarcha. Sí, sólo eso quieres, escribir sobre los vivos y los muertos.

Nota

Hace algunos años cayó en mis manos un dossier con recortes periodísticos sobre una serie de muertes en Dryden, un pueblo a veinte minutos de Ithaca, la ciudad donde vivo en el estado de Nueva York. Todo eso había ocurrido a mediados de la década de los noventa. Me quedé impactado, sobre todo porque la mayoría de los que habían muerto eran adolescentes en el último año de colegio. Durante un tiempo, la cercanía de Dryden me hizo pensar seriamente en animarme a escribir un libro de investigación periodística sobre el tema. Sin embargo, una tarde a fines de 2004, cuando vivía en Sevilla, comencé a escuchar voces. Eran las voces de los adolescentes. De pronto, me di cuenta que, sin escribir una sola línea, sin siquiera haberlo planeado, tenía ya la estructura narrativa de una novela. De modo que decidí escuchar esas voces y ver adónde me llevaban.

Aparecieron otros personajes, cambié el tiempo en que ocurrían los hechos, y, gracias a sus diferentes versiones, mi novela en principio policíaca se convirtió en una meditación sobre la pérdida. Así, esa historia algo lejana de chiquillos norteamericanos con los que tenía poco en común pasó a ser un relato muy personal.

De todo lo leído sobre el caso, el artículo periodístico que más me ayudó a situar las coordenadas de la historia y recrear ciertas escenas fue «The Cheerleaders», de Jean Carroll, publicado en la revista *Spin* y seleccionado luego por Otto Penzler y Thomas Cook en *Best American Crime Writing 2004*.

Agradezco por la lectura del manuscrito, los consejos, la paciencia y otras razones, a Willie Schavelzon,

Tamra Fallman, Rodrigo Hasbún, Maximiliano Barrientos, Silvia Matute, Gerardo Marín, Liliana Colanzi, Raúl Paz Soldán y Marcelo Paz Sodán. A la Fundación Guggenheim y a la Appel Fellowship de la Universidad de Cornell, por haberme dado el tiempo necesario para escribir la versión final de esta novela.

Alfaguara es un sello editorial del Grupo Santillana

www.alfaguara.com

Argentina
Av. Leandro N. Alem, 720
C 1001 AAP Buenos Aires
Tel. (54 114) 119 50 00
Fax (54 114) 912 74 40

Bolivia
Avda. Arce, 2333
La Paz
Tel. (591 2) 44 11 22
Fax (591 2) 44 22 08

Chile
Dr. Aníbal Ariztía, 1444
Providencia
Santiago de Chile
Tel. (56 2) 384 30 00
Fax (56 2) 384 30 60

Colombia
Calle 80, 9- 69
Bogotá
Tel. (57 1) 635 12 00
Fax (57 1) 236 93 82

Costa Rica
La Uruca
Del Edificio de Aviación Civil 200 m al Oeste
San José de Costa Rica
Tel. (506) 22 20 42 42 y 25 20 05 05
Fax (506) 22 20 13 20

Ecuador
Avda. Eloy Alfaro, 33-3470 y Avda. 6 de
Diciembre
Quito
Tel. (593 2) 244 66 56 y 244 21 54
Fax (593 2) 244 87 91

El Salvador
Siemens, 51
Zona Industrial Santa Elena
Antiguo Cuscatlan - La Libertad
Tel. (503) 2 505 89 y 2 289 89 20
Fax (503) 2 278 60 66

España
Torrelaguna, 60
28043 Madrid
Tel. (34 91) 744 90 60
Fax (34 91) 744 92 24

Estados Unidos
2023 N.W. 84th Avenue
Doral, F.L. 33122
Tel. (1 305) 591 95 22
Fax (1 305) 591 74 73

Guatemala
7ª Avda. 11-11
Zona 9
Guatemala C.A.
Tel. (502) 24 29 43 00
Fax (502) 24 29 43 43

Honduras
Colonia Tepeyac Contigua a Banco Cuscatlan
Boulevard Juan Pablo, frente al Templo
Adventista 7º Día, Casa 1626
Tegucigalpa
Tel. (504) 239 98 84

México
Avda. Universidad, 767
Colonia del Valle
03100 México D.F.
Tel. (52 5) 554 20 75 30
Fax (52 5) 556 01 10 67

Panamá
Vía Transísmica, Urb. Industrial Orillac,
Calle segunda, local #9.
Ciudad de Panamá.
Tel. (507) 261 29 95

Paraguay
Avda. Venezuela, 276,
entre Mariscal López y España
Asunción
Tel./fax (595 21) 213 294 y 214 983

Perú
Avda. Primavera 2160
Surco
Lima 33
Tel. (51 1) 313 4000
Fax (51 1) 313 4001

Puerto Rico
Avda. Roosevelt, 1506
Guaynabo 00968
Puerto Rico
Tel. (1 787) 781 98 00
Fax (1 787) 782 61 49

República Dominicana
Juan Sánchez Ramírez, 9
Gazcue
Santo Domingo R.D.
Tel. (1809) 682 13 82 y 221 08 70
Fax (1809) 689 10 22

Uruguay
Constitución, 1889
11800 Montevideo
Tel. (598 2) 402 73 42 y 402 72 71
Fax (598 2) 401 51 86

Venezuela
Avda. Rómulo Gallegos
Edificio Zulia, 1º - Sector Monte Cristo
Boleita Norte
Caracas
Tel. (58 212) 235 30 33
Fax (58 212) 239 10 51